HUSH! HUSH!

Catalogage avant publication de Bibliothèque et Archives nationales du Québec et Bibliothèque et Archives Canada

Noël, Michel, 1944-

    Hush! Hush!
    ISBN : 978-2-89428-927-3
    I. Titre.

PS8577.O356H87 2006   C843'.54   C2006-941537-4
PS9577.O356H87 2006

Les Éditions Hurtubise bénéficient du soutien financier des institutions suivantes pour leurs activités d'édition :

- Conseil des Arts du Canada ;
- Gouvernement du Canada par l'entremise du Programme d'aide au développement de l'industrie de l'édition (PADIÉ) ;
- Société de développement des entreprises culturelles du Québec (SODEC) ;
- Gouvernement du Québec par l'entremise du programme de crédit d'impôt pour l'édition de livres.

Éditrice Jeunesse : Nathalie Savaria
Couverture : Éric Robillard (kinos)
Mise en page : Martel en-tête

Copyright © 2006
Éditions Hurtubise inc.
ISBN : 978-2-89428-927-3

Dépôt légal / 4e trimestre 2006
Bibliothèque et Archives du Canada
Bibliothèque et Archives nationales du Québec

Diffusion-distribution au Canada :
Distribution HMH
1815, avenue De Lorimier
Montréal (Québec) H2K 3W6
Téléphone : 514-523-1523 • Télécopieur : 514-523-9969
www.distributionhmh.com

Diffusion-distribution en France :
Librairie du Québec / DNM
30, rue Gay-Lussac
75005 Paris FRANCE
www.librairieduquebec.fr

Réimprimé en décembre 2009 sur les presses
de l'imprimerie Lebonfon, Val-d'Or (Québec) Canada.

www.editionshurtubise.com

MICHEL NOËL

HUSH! HUSH!

Hurtubise

MICHEL NOËL

Michel Noël est né en 1944 dans la région de Maniwaki. Il est aujourd'hui un écrivain et un ethnologue réputé. Il est considéré comme l'un des rares spécialistes des cultures des peuples autochtones du Québec. Il se définit lui-même comme étant « un Québécois d'origine amérindienne » et il considère que sa culture première est amérindienne, car il a vécu les quatorze premières années de sa vie en milieu algonquin, dans le parc de La Vérendrye et la grande région de l'Abitibi. Michel Noël, en plus d'être un universitaire, est un homme de terrain : il passe la majeure partie de son temps dans les communautés amérindiennes, dans les villages (réserves) ou sur les territoires ancestraux.

« La grandeur d'une nation et ses progrès moraux peuvent être jugés par la manière dont elle traite les animaux. »

Gandhi (1864-1948)

Kitshi miguetsh *à celles qui m'ont soutenu dans mon écriture: Chantal Vaillancourt, Nathalie Savaria et particulièrement Sylvie Roberge.*

*À ma mère, Flore Saint-Amour,
que j'ai appris à connaître et
à aimer à travers les mots que
j'ai écrits à son propos.*

LE RÉSERVOIR ET LA RÉGION
ENVIRONNANTE DU LAC CABONGA

PRÉSENTATION

Le 17 août 1959, sur la plage de sable doré du grand lac Cabonga, mon père, Shigobi, m'a dit sur le ton d'une déclaration d'amour : « Mon grand fils Ojipik, à partir de ce soir, tu marcheras ta vie comme un Anishnabé[1]. » Et il m'a tendu sa grosse main chaude, ferme, débordant de respect et d'estime. J'ai vite mis la mienne dans la sienne et j'ai tressailli comme une feuille de tremble au vent du printemps. Debout devant lui, je devinais sa figure émue à travers les rougeoiements des longues flammes qui dansaient sur ses pommettes cuivrées.

Les Anishnabés de la communauté avaient allumé un énorme feu de joie et d'amitié pour marquer mon quinzième anniversaire et mon départ pour la ville. Je quittais ma vie en forêt pour aller vivre dans une famille d'accueil. Cette décision venait d'être prise d'un commun accord par ma grand-maman

---

1. Anishnabé : nom originel des Algonquins qui signifie « les humains ».

Koukoumis, mon père et moi. Après les événements que nous avions vécus au cours de l'hiver et de l'été, il devenait impérieux que je m'instruise à l'école des Blancs. Je ressentais d'ailleurs au fond de moi-même un ardent désir d'apprendre à lire et à écrire. J'en comprenais la nécessité. Mais j'étais profondément déchiré, tiraillé entre deux mondes.

La poignée de main que nous avions échangée, mon père et moi, devant tous les Anishnabés assis autour du feu, n'a duré qu'un bref instant. Mais j'en ai conservé le souvenir toute ma vie. L'ombre de Shigobi se détachait sur le lac encore clair comme celle de notre vieux pin plusieurs fois centenaire qui poussait sur la falaise, face à notre petite maison. Un grand garçon qui vient d'avoir quinze ans, un Brave qui fait ses premiers pas d'homme libre et fier dans une nouvelle vie, n'est pas censé pleurer. Mais moi, Ojipik, je me suis réfugié dans des bras que mon père ouvrait largement pour me recevoir. J'avais le cœur gros comme une montagne. Dans le calme impressionnant de la nuit qui enveloppait nos territoires, j'ai, ce soir-là, pleuré toutes les larmes de mon corps. Et ça m'a fait du bien, un bien immense. Encore aujourd'hui, un demi-siècle plus tard, quand je me rappelle ces adieux, le fait d'avoir pleuré sur l'épaule de mon père me réconforte toujours. Je m'étais extirpé de ses bras vidé mais serein. Je sentais en moi que le vent avait tourné. Je ne l'avais plus de face mais de dos.

Depuis ma plus tendre enfance, mon univers était peuplé de chasseurs légendaires, d'oiseaux-tonnerre, de castors géants, de carcajous prodigieux, de wendigos[1] étonnants… Et depuis le 17 août 1959, je me raconte une histoire : celle de mon enfance. Je me la raconte pour savoir qui je suis, d'où je viens, quel est mon rôle sur terre et ma place dans l'univers. Je me la raconte pour donner un sens à ma vie.

Je me suis inspiré de mon enfance pour écrire *Hush! Hush!*, cette histoire où se côtoient et se mêlent intimement la fiction et la réalité. Mon récit de vie est souvent emporté par le vent d'hiver, rythmé par les tempêtes de neige et les pluies du printemps qui gonflent les rivières. J'ai voulu rendre hommage à tous ces personnages plus grands que nature qui m'habitent, me hantent et peuplent mon imaginaire.

1. Wendigo : ogre dans les légendes amérindiennes.

J'ai écrit *Hush! Hush!* pour me libérer des coups de fusil qui pétaradent dans ma tête, des hurlements lugubres des chiens de traîneau tirés à bout portant un matin de printemps sur les plages sablonneuses du grand lac Cabonga.

J'ai écrit *Hush! Hush!* comme j'ai pleuré un soir d'été dans les bras de mon père et ça m'a fait du bien, un bien immense.

Première partie

LA PROMESSE DU PRINTEMPS

1

OJIPIK

Ma chambre à coucher est mal isolée. Ce qui ne m'aide pas, c'est qu'elle est située du côté nord de la maison, face au grand lac Cabonga. L'hiver, elle est froide comme une glacière. C'est un froid humide qui me transperce jusqu'aux os. La fenêtre rectangulaire à la tête de mon lit est toute blanche, recouverte d'une épaisse couche de givre.

Certains soirs avant de me coucher, je m'agenouille sur mon oreiller et je pose à plat le bout de mon pouce chaud sur le frimas rude et épais. La glace fond. L'eau froide dégouline le long de mon doigt et mouille mon poignet. Quand mon pouce est gelé dur et que ça me fait trop mal pour continuer, je le mets dans ma bouche, comme une tétine, pour le réchauffer. Ça me fait du bien. Puis je recommence avec un pouce chaud. Au fur et à mesure, je creuse dans le givre un petit trou gros comme un trente sous. Quand j'atteins la vitre, je m'empresse d'y jeter un œil, mon front brûlant dans la glace, comme si je regardais dehors par le trou d'une serrure. Je retiens mon souffle.

Je cherche l'étoile Polaire dans le ciel immense. C'est elle qui m'intéresse. Elle m'intrigue. Je sais où la trouver. «Elle est toujours au même endroit, jamais loin de l'horizon», m'a dit mon père. Depuis des millénaires, c'est elle qui guide les grands voyageurs, que ce soit sur l'eau ou la terre, dans les airs, la toundra ou la taïga. Elle a rendu de grands services aux humains. L'étoile Polaire me fait rêver. J'ai l'impression qu'elle m'appelle, qu'elle scintille pour moi. Un jour, je ferai de longs voyages moi aussi. Je le sais au plus profond de moi-même. Je la trouve très belle, mon étoile du Grand Nord, particulièrement les soirs de pleine lune.

La Lune aussi, je l'observe, je la vois comme si je regardais dans une longue-vue. Elle est toute bleue, glacée, ronde comme une bannique[1], immobile. Elle est calme, sereine. On dirait que rien dans la vie ne pourrait la déranger. Il ne faudrait pas grand-chose pour qu'elle me sourie. Je me dis qu'elle me fixe elle aussi de son œil unique. La Lune n'a pas besoin de deux yeux pour voir la Terre. Elle

1. Bannique: pain amérindien.

a toutes les étoiles du ciel pour l'éclairer, comme une multitude de feux de camp.

Shigobi, mon père, affirme le plus sérieusement du monde que je suis, moi son fils, une étoile filante. Il m'a vu, un soir particulièrement clair, traverser le grand ciel étoilé à vive allure, agrippé comme un *musher*[1] aux manchons de mon long traîneau tiré par dix gros chiens huskies. J'avais fière allure. «C'était au mois d'août, dit-il, juste avant que les familles de trappeurs anishnabés (les départs se font fin août, septembre et octobre, selon la distance à parcourir) ne partent pour le bois afin d'entreprendre la saison de trappe d'hiver. »

Fin conteur, mon père se lève alors tout d'un coup au beau milieu de son histoire, comme s'il partait sur-le-champ pour aller quelque part. C'est un géant aux bras longs, aux mains larges, à la figure ronde, aux cheveux noirs comme la suie du tuyau de poêle et aux yeux lumineux, pleins de vie. À lui seul, il est toute une forêt d'épinettes, une montagne de bois franc, les cascades de la rivière du Grand Brûlé! Il la connaît par cœur, cette forêt, car il y est né il y a longtemps et ses ancêtres y sont tous enterrés, la plupart

---

1. *Musher*: maître de traîneau.

dans la pinède, certains à la croisée des portages, d'autres sur les montagnes ou même dans la grande île au cœur du lac Cabonga. Cet Anishnabé est ici depuis toujours. Et par le fait même, moi aussi!

Le conteur s'arrête dans son élan pour me dire en me regardant dans les yeux:

«Tu comprends, je suis parti sans tarder à ta recherche dans les vastes forêts de l'Abitibi. Je savais exactement où chercher. Je t'ai trouvé pas plus tard qu'au lever du soleil, chaudement emmailloté dans une peau de castor, couché comme une marmotte dans le creux d'une vieille souche d'épinette qui te servait de berceau. Une grosse souche toute grise, vieille comme la terre, encore solidement enracinée dans le sol. Je t'ai tout de suite donné ton nom: Ojipik, le tronc de l'arbre avec ses racines qui plongent profondément dans la terre.»

2

LES ANISHNABÉS

Au clair de lune, les ombres des grands pins blancs aux épaulettes lourdement chargées s'entremêlent dans l'épaisse couche de neige qui dort au sol. Les arbres sont immobiles, posés comme des sentinelles sur la falaise du grand lac Cabonga. Je me demande à quoi ils peuvent bien penser au cours de ces longues nuits mystérieuses, plongés au fond d'eux-mêmes. Mais je n'ai pas grand temps pour regarder tout ce qui se passe dehors. Ma longue-vue se brouille au froid et je grelotte. La lune et les pins disparaissent dans le frimas. Il est temps pour moi de m'ensevelir dans mon lit.

Je dors en grosses *combines* de coton ouaté. Ce sont des Penman 99. Je ne sais pas au juste pourquoi 99… Peut-être parce que c'est le chiffre le plus près de 100? C'est ce que croit mon père et c'est comme ça qu'il les appelle. Ce sont les meilleurs sous-vêtements du monde. Mes *combines* me tiennent au chaud même s'il fait quarante sous zéro! Elles ont une «porte» à l'arrière, à la hauteur des fesses, comme l'entrée battante d'une tente, qui s'attache sur le côté avec un gros bouton à quatre trous en plastique transparent. La nuit, la porte ne sert pas à grand-chose. Nos *bécosses* sont dehors, dans une petite cabane, à au moins cent pieds de la maison. Il faut être courageux ou mauditement mal pris pour y courir: l'hiver, à cause du froid mordant et du sentier étroit à peine tracé dans la neige; l'été, à cause des satanés maringouins. «Ceux qui vivent autour de la *bécosse* ne piquent pas, dit mon père, ils sont plus féroces que les autres, ils mordent et arrachent des morceaux de chair.» Se faire mordre par un de ces insectes sur une fesse, c'est un vrai calvaire.

Sans mes Penman, je gèlerais dur comme une crotte de chien sur le lac. Tous les trappeurs en portent et les vieux chasseurs le font toute l'année, même l'été quand il fait très chaud. Lorsqu'ils sont attachés serrés aux chevilles, aux poignets et au cou, ces sous-vêtements protègent des nuées de moustiques enragés et voraces qui nous attaquent quand nous sommes en forêt.

J'enfile aussi des bas de laine tricotés par ma grand-maman Koukoumis, la mère de mon père. C'est une vieille femme d'une grande sagesse. Elle a vécu longuement et appris une foule de choses. Elle me dit qu'on conserve la chaleur du corps en se couvrant d'abord les pieds, les oreilles et la tête. C'est pourquoi elle me tricote des bas chauds et des tuques en grosse laine, et me fait des mitaines en peau d'orignal boucanée doublées en fourrure de castor.

Koukoumis habite dans une petite maison en bois rond construite dans la pinède, le long de la rivière. C'est beau chez elle. Pour y aller, je descends la falaise juste à côté de notre maison et je suis le sentier discret qui serpente entre les vieux pins. Chaque fois que je marche dans la pinède, c'est comme si je revivais en moi l'histoire des Anishnabés. Il en a fallu, des ancêtres chaussant des mocassins en peau d'orignal, pour battre ce petit sentier discret, à peine perceptible par les étrangers, sur le sol de la forêt. Mais nous qui sommes d'ici, nous le connaissons bien.

J'ai autant d'ancêtres sur cette terre qu'il y a d'étoiles dans le ciel. Et ils ont tous foulé ce sentier.

Je n'ai pas connu les parents de ma mère. Ils ne sont jamais venus à la maison et nous ne les avons jamais visités. Quand elle vivait avec nous, elle en parlait peu. Tout ce que je sais, c'est qu'ils habitaient sur une terre dans la région de Hull. C'étaient des cultivateurs. Je n'en sais pas plus.

C'est Koukoumis qui veille sur moi depuis que ma mère ne vit plus avec nous. Elle est veuve et aimerait que j'aille vivre avec elle dans sa petite cabane en bois rond. Elle dit qu'elle s'ennuie seule. Je l'aime beaucoup, mais je tiens à rester avec mon père.

Ce que je sais de ma mère, je l'ai appris de sa propre bouche en l'écoutant parler aux autres. Elle conversait beaucoup avec les Blancs qui venaient à l'occasion nous visiter à la maison. Elle parlait peu aux Anishnabés. Je pense qu'elle ne savait pas quoi leur dire, ou même par où commencer avec eux. Et elle ne connaissait pas la langue non plus.

Pendant la nuit, je me remémore les histoires que ma mère racontait aux visiteurs et c'est comme ça que j'apprends à la connaître. Chaque fois que je me redis ses histoires, je découvre de nouvelles choses à son sujet. Je la vois faire de grands gestes, j'entends sa voix qui raclait le fond de sa gorge. Je me souviens de chacun de ses mots, de chacune de ses émotions. Elle était contente

de pouvoir parler aux Blancs et elle en pro-
fitait. Aujourd'hui, je me dis « heureusement »,
sinon je ne saurais rien d'elle. C'est important
de savoir qui est sa mère.

3

COMME UN HUSKY

BRRRR! Il fait froid dans ma chambre. Vite, je me cache sous une montagne de couvertures en *duffle*[1] de la Compagnie de la baie d'Hudson. Je me roule en boule. Mon père blague en disant que je passe la nuit comme un husky. Ça me fait chaud au cœur quand mon père me taquine.

Moi, je ne dis rien en retour. J'aime mieux ça comme ça! Je pense même que je rougis de plaisir jusqu'aux oreilles. Ce que je sais, c'est que j'ai un agréable sentiment de bien-être dans tout mon corps et une boule de plaisir dans l'estomac. J'aime ça et je voudrais que ça dure.

J'aime les huskies. Ce sont de beaux chiens, forts et courageux. Des animaux qui ont, comme les Anishnabés, appris à vivre dans les froids les plus intenses. Pour dormir, ils se recroquevillent, se couvrent le museau avec le pompon touffu du bout de leurs queues et se laissent ensevelir par la neige

1. *Duffle*: tissu épais fait de laine.

que souffle le vent. Ils dorment toute la nuit bien à l'abri dans leur trou. C'est vrai que je fais un peu comme eux dans mon lit. Je parle en toute connaissance de cause, j'ai un husky. Une chienne, que j'ai appelée La Louve. Ma mère n'aimait pas les chiens. Je pense même qu'elle en avait peur.

Je me pelotonne, les deux mains jointes blotties entre les cuisses. J'attends dans mon antre en frissonnant. Je ne dors pas tout de suite. J'ai trop à faire. Je prends de longues inspirations pour apaiser mon corps secoué des pieds à la tête par des frissons qui n'en finissent plus. Ma chaleur se diffuse lentement, imprègne mon matelas et mes couvertures. Je m'allonge pouce par pouce, tout doucement, comme un serpent qui se déroule au soleil. Mes muscles se détendent. Je m'étire de tout mon long, me couche sur le dos avec beaucoup de précautions, puis je ne bouge plus. La chaleur se répand. Je me sens au paradis des grands chasseurs dans le creux de mon lit.

J'ai encore une fois vaincu le froid. Mais je reste prudent. Il est tout autour de moi et me guette, prêt à bondir. Il est sournois, le froid. Je peux même le toucher du bout du petit doigt si je l'écarte de ma main. Parfois, j'ose, je le bouge à peine d'un pouce, juste pour voir, puis je le ramène rapidement vers moi. Je me dis que je couche avec le froid.

Je fais le mort dans mon lit… c'est une façon de parler, car même si mon corps est immobile, tout bouge dans ma tête et dans mon cœur. J'ai beaucoup de plaisir à évoquer tout ce que j'ai vu, entendu, senti, touché, goûté au cours de la journée. Je ne compte plus les souvenirs que je garde enfouis, je ne sais où, au fond de ma mémoire. Parfois, quand je pense à Koukoumis ou à mon grand-père Wawaté, mort il y a plusieurs années, j'ai l'impression d'avoir vécu dans des temps très anciens… C'est que moi, je connais des histoires vieilles comme la terre, le ciel, l'eau, le vent. C'est aussi à ce moment-là, dans le grand silence de la nuit, que je pense le plus à ma mère et que je me redis ses histoires.

4

LE RÊVE

Ce que je préfère quand je suis couché sous mes lourdes couvertures dans ma chambre froide, c'est de me créer un nid chaud et de me raconter de grands récits que j'invente juste pour moi, pour mon plaisir. Je voyage alors en toute liberté avec mon attelage de chiens de traîneau. Je deviens le maître de dix gros chiens fougueux, féroces; de véritables loups de montagne, aux poils longs, gris et noir, hérissés sur leur dos comme des piquants de porc-épic. Ils roulent leurs queues dans les airs comme les « crosses de violon » au soleil du printemps.

« HUSH! HUSH[1]! »

Mes chiens s'élancent en chœur dans les harnais, guidés par La Louve, ma chienne de tête. Les huskies sont faits pour tirer, courir, et ils le font avec enthousiasme. Mon traîneau vole sur la glace du lac et moi, je cours derrière, une main au manchon. J'encourage

---

1. Hush! Hush!: cri que le *musher* adresse aux chiens. Hush: tout droit; hâ: à gauche; hi: à droite.

mes bêtes. Je leur parle amicalement mais sur un ton ferme. Je suis le maître et nous faisons équipe.

« Vas-y ! Vas-y, La Louve. Vas-y, ma belle. Tout droit.

File comme une flèche à travers le vent. Makwa mon gros noir, lâche pas. C'est bon ! C'est bon ! Bravo ! Bravo ! Mina, ma petite, tire, saute, vas-y. »

Je crie le nom de tous mes chiens dans ma tête et si je m'écoutais, je les crierais haut et fort dans ma chambre. Mais je ne veux pas réveiller mon père. Nous cinglons sur le lac comme une volée d'outardes du printemps en retard sur sa migration.

« HUSH ! HUSH ! HÂ ! La Louve. HÂ ! Ma belle. »

La Louve bifurque à gauche, entraînant les chiens derrière elle, et nous pénétrons, par une piste profonde battue dans la neige, dans la forêt sombre. Le long attelage de chiens qui se suivent à la queue leu leu serpente entre les sapins endormis. Les bêtes couinent de satisfaction. Elles ont du plaisir à courir dans la neige épaisse et le froid intense. Leurs épaules larges roulent, leurs jarrets se cambrent, leurs griffes s'incrustent. Les « lisses[1] »

1. Lisses : patins du traîneau.

crissent sur la neige durcie. Le traîneau glisse comme un canot sur l'eau. Nous débouchons dans une clairière, puis suivons le flanc de la montagne.

Je chasse l'orignal à l'aube et fais la levée de mes pièges à midi. Nous nous arrêtons au milieu du jour pour un repos bien mérité. Je me fais un thé chaud sur un petit feu de broussailles. Mes chiens ont soif, ils lapent la neige à grands coups de leur langue rose.

Je reviens au campement au coucher du soleil, le cœur content, car mon traîneau est lourdement chargé de viande fraîche, de peaux de castors grandes comme des couvertures de lit, de visons, de martres et de loutres. Je nourris mes vaillants chiens de poisson. Ils sont contents de manger.

En soirée, je m'assois confortablement près du feu de mon wigwam, une tasse de thé fumant à la main. Je raconte calmement à mon grand-oncle Poné Matchewan, à ma tante Mary, aux frères, aux sœurs, aux enfants, mes exploits de chasseur anishnabé. La parole du conteur est sacrée dans la douce quiétude de la grande tente. Tous sont enivrés par mes récits du jour, et par les arômes délicats de la chair d'orignal qui rôtit sur la braise. Le vent souffle fort dehors. Sa voix langoureuse s'enchevêtre dans le long faisceau des poteaux de notre tente qui ouvre un sentier vers le ciel et la Voie lactée.

Je sais que les esprits de nos ancêtres sont à l'écoute. Ils ne sont jamais très loin du chasseur et ils se délectent de ses récits qui leur rappellent leur vie ici-bas. Je sens leur présence discrète. Je parle pour eux aussi. Pour qu'ils m'entendent. Je veux qu'ils soient contents de moi.

Je sens venir le sommeil dans mon corps. Il s'infiltre doucement dans tout mon être, comme une gorgée de thé chaud dans ma gorge. Je ne lui résiste pas. J'aime ce moment doux et délicieux où je sombre lentement dans un autre monde. Je somnole comme un ours dans sa ouache à la première bordée de neige de l'automne.

Koukoumis raconte que le sommeil est rusé comme un vieux *pishu*[1]. On ne le voit jamais. Mais on sait qu'il est là ! Il arrive sur la pointe des pieds, en silence, comme la noirceur qui envahit la forêt sans faire de bruit au crépuscule. Je vais continuer à rêver, mais cette fois-ci les yeux fermés. Dans ma

1. *Pishu* : lynx.

petite chambre, les nuits sont pour moi comme de longs hivers enneigés et immobiles sous la pleine lune, remplis d'histoires fabuleuses sans cesse renouvelées.

Mon père dort dans la chambre d'à côté, située entre la mienne et la cuisine. Nos portes donnent sur un salon que nous n'utilisons pratiquement jamais. Il n'est pas chauffé lui non plus. Le plancher est glacé. Sa chambre n'est pas plus grande que la mienne. Je l'entends ronfler. Demain, s'il est en forme, je vais le tisonner en lui disant que la nuit, il est plus bruyant que le vieil hydravion de la Compagnie de la baie d'Hudson lorsqu'il décolle sur le lac, vent de face. On rira bien!

5

LE POÊLE GRONDE

J'entends bouger dans sa chambre. C'est l'heure ! Dès que je pose le gros orteil sur le plancher, c'est comme si je donnais le signal de départ d'une course de chiens de traîneau. POUF ! Ma chienne surgit de sous mon lit comme une perdrix tout à coup levée par un loup et qui s'envole bruyamment en battant des ailes.

C'est qu'elle a pris l'habitude de passer la nuit sous mon lit. Je lui ai aménagé une niche confortable avec des morceaux de vieilles peaux d'orignal que mon père m'a données. Elles traînaient depuis longtemps dans un coin de l'entrepôt de la Compagnie.

La Louve se précipite vers la cuisine. Je file derrière elle. Nous courons tous les deux nous réfugier près du poêle à bois.

La cuisine est la seule pièce confortable de la maison. Elle est chaude l'hiver et fraîche l'été. Mon père nous a précédés de peu. Il a eu le temps de craquer une allumette et d'enflammer la mèche de la lampe à huile qui trône au milieu de la table recouverte d'une nappe cirée blanche. Ça sent le soufre dans l'air. Les rayons de lumière jaune glissent sur la nappe. Il tire le bras, allonge la mèche. La lumière se répand sur le vaisselier, le prélart jaune, le tonneau d'eau fraîche, la boîte à bois. La flamme se contorsionne, la lumière danse et j'ai l'impression que la mèche me tire la langue.

Mon père ouvre la lourde porte du large poêle en fonte. Il brasse la cendre grise avec le gros tisonnier en fer, avive les bons tisons rouges bien cachés en dessous et desquels surgissent des flammes qui couvaient. Il bourre le poêle d'écorces de bouleau et d'éclisses de cèdre sec que j'ai préparées la veille. Ça fait partie de mes tâches. Tous les jours, je remplis la boîte à bois de gros quartiers, je prépare l'écorce et je fends le petit bois d'allumage. Je remplis le tonneau d'eau que je vais chercher au ruisseau avec mon traîneau auquel j'attelle La Louve. Elle me donne un bon coup de main, car elle est forte, et ça lui fait un bon exercice.

À la maison, tout le monde doit être utile. «Il faut être prévoyant», me dit souvent mon père. Il aime ajouter :

«On reconnaît un bon trappeur à la hauteur de la corde de bois de poêle qu'il a préparée pour passer l'hiver. Les paresseux le font au jour le jour. »

La tirette du poêle est grande ouverte, béante et édentée comme la bouche d'un wendigo. L'air siffle, s'engouffre. L'écorce se tord, crépite. Ça sent la fumée noire dans la cuisine. Elle pique la gorge. Le feu qui dormait explose. VROUMMM! C'est vite l'enfer dans le poêle qui gronde comme le vent de janvier quand il s'emmêle dans les longues têtes affolées des épinettes noires. Le feu gémit comme un damné!

Moi, j'aime ça quand le poêle gronde. C'est sa façon à lui de chanter et ça montre aussi qu'il y a de la vie dans la maison.

Je m'habille en vitesse, en sautillant sur un pied puis sur l'autre, les dents serrées pour ne pas trop grelotter et garder mon équilibre. Je me colle le plus possible à la « bavette[1] » ouverte du fourneau. La Louve me dispute toujours cette place, car c'est la meilleure.

Heureusement, mes vêtements sont secs et chauds. Hier, comme chaque soir assez

1. Bavette : porte du fourneau d'un poêle à bois.

tard, du fond de ma caverne j'entends les pas lourds de mon père sur le plancher de ma chambre. Il ramasse mes *britches*[1] à bretelles, ma chemise en flannellette à carreaux, mes bas en laine grise et les suspend à une rangée de clous plantés dans le mur juste derrière le tuyau du poêle.

Mon père pourrait bien exiger que je ramasse mes vêtements qui traînent au pied de mon lit et que je les mette à sécher moi-même derrière le poêle. Je suis assez grand et responsable pour le faire. Mais il ne me demande rien. Il les range minutieusement, comme le faisait ma mère. Je pense que ça lui plaît de le faire.

Tous mes vêtements sont là à sécher avec les linges à vaisselle, les torchons, la *mop* à plancher. Non! pas tous mes vêtements. J'ai aussi un habit du dimanche dans une boîte de carton plate, rangée quelque part: une chemise blanche, une cravate rouge, des bas au genou et des culottes courtes. C'est ma mère qui tenait à cet habit. Elle «m'endimanchait» pour que j'aie l'air d'un petit homme quand le curé venait dire la messe au printemps ou pour plaire aux messieurs blancs

1. *Britches*: pantalon bouffant en grosse étoffe vendu par la Compagnie de la baie d'Hudson.

importants qui nous visitaient à la maison. J'avais honte de m'habiller comme ça! Tout le monde riait de moi. Des culottes courtes en forêt, ça ne s'était jamais vu! Une cravate en plus. J'avais l'air d'un orignal en ville. Je marchais les pattes hautes, en levant les genoux très haut, les jambes à l'air. Les maringouins me dévoraient les cuisses, m'entraient dans le califourchon. Je me cachais dans le fond de la *shed*[1] à bois. Je marchais plié en deux dans les aulnages. Je ne voulais même pas que les chiens me voient.

Un jour, le curé Laverdure soupait avec nous. Ma mère était dans tous ses états: le missionnaire était à la maison! Soudain, j'ai eu envie d'uriner. J'étais tellement «coincé» assis sur le banc le long du mur que j'ai pissé dans mes culottes courtes. La pisse chaude me coulait sur les cuisses, dégoulinait le long de mes mollets, s'infiltrait dans mes bas de coton et mes souliers vernis. Ça sentait l'urine dans notre cuisine comme dans un vieux ravage[2] d'orignaux au printemps. Ma mère a compris que je n'étais pas fait pour porter de tels vêtements. Je pense que j'ai été, ce jour-là, la honte de sa vie. Et moi, je me suis

1. *Shed*: hangar.
2. Ravage: le sentier et la couche des orignaux en hiver.

juré que je ne porterais jamais plus de culottes courtes !

De toute façon, depuis ce temps-là, je me suis déroulé comme une fougère. À quatorze ans, j'ai les pieds larges comme des raquettes. Ces vêtements ne me vont plus, mais nous gardons la boîte quand même, probablement en souvenir.

Je me rends compte que ma mère n'a pas eu la vie facile. Je comprends que partir de la ville pour venir vivre en forêt avec un Indien, ça demandait du courage. Un bon matin, elle nous quittait en coup de vent, sans nous avertir. Et puis un jour elle revenait, heureuse de nous retrouver. Mais elle ne restait jamais bien longtemps. Je ne me souviens pas de son premier départ. J'étais trop petit. Je crois que j'avais deux ans, peut-être trois.

Je me réveille parfois en sursaut la nuit. J'entends des bruits : une porte qui s'ouvre, des pas sur le plancher de la cuisine… Je pense aussitôt que c'est ma mère qui revient. Je retiens mon souffle, allongé dans mon lit. J'écoute, j'attends. Mais il ne se passe rien. C'est le silence total. Ce sont mes oreilles ou mon cœur qui me jouent des tours. En tout cas, il a fallu que ma mère aime mon père en pas pour rire pour accepter de le suivre en forêt.

6

SHIGOBI

La chaleur se répand dans la cuisine, elle a vite fait de l'envahir, car la pièce est minuscule et bien isolée. Je me dégourdis. L'eau chante dans le « canard[1] » à gros bec. C'est lui que nous utilisons comme chaudière à thé quand nous allons en forêt. Son ventre argenté est noirci par la suie et tout cabossé. Je pense même qu'il a appartenu à ma grand-mère. Il en a vu de toutes les couleurs au cours de sa longue vie. Il en aurait long à nous raconter s'il pouvait parler.

C'est à l'oreille que mon père veille au feu. Dès que le bois se transforme en braises, que la voix du poêle s'essouffle, il ouvre la porte brûlante d'un coup sec de tisonnier, brasse le lit de tisons, enfourne deux grosses bûches de bouleau. Il les pose comme il le faut : la partie centrale du bois sur la braise. Il m'a montré comment faire pour que le bois se consume lentement et donne le maximum de chaleur. Il connaît ça, le chauffage.

1. Canard : la bouilloire.

Koukoumis dit que c'est un homme d'hiver. Elle lui a donné la vie en février, sur sa ligne de trappe, dans son wigwam, en pleine tempête de neige. Il a neigé à plein temps et fait froid toute la semaine suivante. Il est de la race des loups et des orignaux.

Mon grand-père Wawaté disait: «Mon fils a l'orignal dans le sang.» C'est pour cela qu'il l'a tout de suite nommé Shigobi: épinette noire. Car l'épinette noire est l'arbre par excellence de la taïga et du froid. C'est dans les grandes forêts d'épinettes que vivent nos orignaux. On dit même que l'épinette est le plus vieil arbre du monde et Mush, l'orignal, le plus ancien des animaux. Le Grand Créateur de toutes choses les a donnés généreusement en cadeau à notre mère la Terre pour l'embellir, lui donner la vie et nourrir les Anishnabés. Mon père a un beau nom et il le porte bien.

Shigobi est plus grand que tous les Anishnabés que je connais. Il parle anishnabé, anglais, français, attikamek et cri. Il sait lire et écrire. Il a voyagé. Il connaît beaucoup de choses, car il a fait des études! Il veut que j'étudie moi aussi un jour. Il s'entend bien avec tous les trappeurs et il a beaucoup de plaisir à faire son travail. Il est depuis plusieurs années le gérant du poste de traite de la Compagnie de la baie d'Hudson. Tous les printemps, il reçoit les chefs trappeurs, évalue leurs récoltes de fourrures, négocie avec eux, achète les peaux.

Comme chaque matin, une fois que le chauffage est bien lancé, Shigobi sort du bahut une grosse bannique joufflue, enveloppée dans une nappe à carreaux rouges et blancs. Il la pose sur la table, la déballe comme si c'était un cadeau de Noël. Le pain, encore enfariné sur les pourtours, est pâle comme la lune de jour. Je sais que sous le nuage de farine, la croûte a la couleur dorée du sable fin des longues plages ensoleillées du lac Cabonga l'été. La mie a la texture d'un gâteau d'anniversaire. C'est Koukoumis qui l'a cuisinée pour nous. Elle a la réputation de faire la meilleure bannique de tout le territoire.

J'ai une faim de loup le matin... je dirais même que j'ai toujours faim. Je n'arrive pas à me rassasier et je ne sais pas d'où cela me vient. Je salive sans cesse à l'idée de manger. En forêt, quand je vois une perdrix se « brancher » dans un sapin ou prendre son envol dans les broussailles, je la trouve belle. Mais du même coup, mes joues se gonflent, suintent comme la tourbe d'un marais, ma langue se tord, mes narines piquent, mon corps en a envie. J'ai les odeurs de sa viande dans le nez et ses saveurs dans la bouche. Je sens la fermeté de sa chair dans mes mains. Je la vois qui rôtit ou qui mijote.

Shigobi dit que je suis un glouton. Je lui réponds qu'il en est responsable, puisque c'est lui qui cuisine à la maison. Je ne le dis pas à haute voix, mais je sais qu'il a rencontré ma mère dans un restaurant où elle était *waitress*[1].

Ma mère ne cuisinait pas. Un jour, elle s'est risquée à faire de la bannique. Koukoumis lui avait donné sa recette. Le pain est sorti du four dur comme une roche. Au souper, Shigobi a fait semblant d'être incapable de couper la miche avec le grand couteau de cuisine. Je lui ai dit, juste pour rire un peu :

— Shigobi, veux-tu que j'aille chercher le *buck saw*[2] dans la *shed* ?

Ma mère nous a fait une sacrée colère. Montée sur ses ergots, rouge comme la crête d'un pic à bois, elle a crié :

— Je suis *waitress* dans un grand restaurant de Montréal, moi, je ne suis pas chef *cook*

---

1. *Waitress* : mot anglais qui désigne une serveuse dans un restaurant.
2. *Buck saw* : mot anglais qui désigne la sciotte des bûcherons.

dans un camp de bûcherons, OK. Chacun son métier. Ta bannique, tu peux te la mettre où je pense.

Et elle a claqué la porte de sa chambre.

7

LA BANNIQUE GRILLÉE

Le matin, mon père fait toujours les mêmes gestes pour préparer le pain. Il répète ceux de son père et de son grand-père, et de tous les autres qui sont venus avant lui. Et quand il n'est pas là, je fais exactement comme lui.

Il serre la bannique dans l'étau de son bras gauche replié, la presse fermement sur son cœur et de sa main droite, qui tient bien le couteau dont la longue lame luisante est affilée comme un rasoir, il la coupe minutieusement, en sciant de haut en bas. Il se concentre sur ce qu'il fait.

Shigobi fait des tranches épaisses et lourdes qu'il laisse tomber à plat, une à une, sur le rond arrière du poêle, celui qui est le plus près de la gueule du tuyau. C'est là que le poêle devient rapidement le plus chaud. En touchant la fonte chauffée à blanc, la mie, saisie, se recroqueville. Elle grésille comme une pluie fine d'automne qui tambourine sur le toit de tôle rouge de notre maison. C'est le moment de la journée où nous ne pensons,

Shigobi et moi, à rien d'autre qu'aux odeurs. Nos esprits sont totalement mobilisés, hypnotisés par les parfums. Nous regardons, muets comme des carpes, le pain griller sur le fer rouge.

Au bout de la table de cuisine se trouvent en permanence une pile d'assiettes, un amas de tasses bleues en fer-blanc, une grosse conserve de tomates vide hérissée d'ustensiles de toutes sortes, des bocaux entamés de moutarde, de cornichons, de *relish*, une livre de saindoux, une boîte de biscuits soda et une bouteille *king size* de ketchup Heinz. Je n'ai qu'à lever la nappe qui les recouvre, l'étendre sur le bout de la table, placer deux assiettes, deux tasses et le tour est joué. Tandis que mon père jette une grosse poignée de feuilles de thé Salada dans le « canard » qui fume allègrement.

Tous les deux ou trois jours, je vais chez Koukoumis chercher une bannique. Je lui apporte la farine, le saindoux, le sucre, le sel, la *magic powder*, que mon père me donne au poste. Si jamais je devais faire le pain moi-même, je saurais comment, car j'observe attentivement grand-maman quand elle boulange. Elle aime préparer le pain et pendant qu'elle pétrit la pâte, je lui pose toutes sortes de questions. C'est ma façon à moi de m'instruire.

J'apprends beaucoup avec elle, surtout sur l'ancien temps. Elle appelle « ancien temps » les années où les Anishnabés étaient riches et indépendants. C'était avant que les Blancs occupent nos territoires. Elle s'emporte facilement quand elle parle de cette époque :

« Nous allions alors où nous voulions sur nos territoires de chasse, sans toujours avoir un satané Blanc à nos trousses pour nous dire quoi faire, comment nous comporter, ce qu'il faut penser. Nous étions libres et indépendants. Les Blancs passent leur temps à nous dire : "Ne chasse pas ici, ne pêche pas dans cette rivière, ne campe pas sur cette plage." Si ça continue, nous n'aurons même plus de place pour vivre sur nos propres territoires, ceux qui ont toujours été habités par nos ancêtres. Les Blancs nous traitent comme des moins que rien. Ils coupent les arbres partout. À ce rythme-là, bientôt il ne restera rien pour toi et tes enfants ! Je me demande dans quelle sorte de monde nos descendants vont vivre ? »

Grand-maman se met vite en colère quand elle parle des étrangers qui nous envahissent de plus en plus. Un jour, je l'ai entendue dire à Shigobi : « Méfie-toi, il y a des Blancs qui sont voraces et sournois comme des belettes. »

Nous nous assoyons face à face pour déjeuner devant une montagne de tranches de bannique.

Ça sent bon ! Je mords à belles dents dans le pain chaud, grillé noir comme je l'aime, imbibé de saindoux, tartiné d'une onctueuse couche de confiture de bleuets. C'est un des pots que ma grand-mère a faits avec les petits fruits que nous avons cueillis l'été dernier.

La confiture bleue tache mes doigts, coule aux commissures de mes lèvres. Il est difficile de manger autrement une tartine de bleuets ! Je me pourlèche les babines comme un ours, m'essuie du revers de la main, me suce les doigts. J'ai vite fait d'éparpiller des miettes de croûte noire sur la nappe, dans un grand cercle autour de mon assiette. Mon père dit que je mange comme un écureuil qui répand des coquilles de noisettes au pied de l'arbre dans lequel il a fait son nid.

Ma mère trouvait mes manières de table moins drôles. Je mange tout ce que je peux avec mes mains. Il me semble que c'est

meilleur ainsi. Elle me répétait sans cesse :
« Ce n'est pas beau de manger ainsi. »

Je prends la même posture que Shigobi,
les deux coudes posés sur la table. Son regard
se perd dans le lointain. Peut-être est-il avec
son oncle, Poné Matchewan, marchant en
raquettes dans les sentiers enneigés de sa
ligne de trappe, ou avironnant sur la rivière
dans son canot de toile rouge ? Peut-être
est-il en ville ? Il connaît Winnipeg. Il a vécu
à Ottawa, visité Montréal. Son travail de
gérant du poste de la baie d'Hudson l'amène
aussi à travailler à Maniwaki, Val-d'Or, Senne-
terre, de même qu'à Amos où il est allé au
pensionnat.

Je le laisse voyager en paix. Il trempe
machinalement sa bannique grillée — il la
préfère noire lui aussi — dans la tasse de thé
épais, sans lait ni sucre, qu'il sirote. Je me
risque à lui demander :

— Penses-tu que les chasseurs vont bientôt revenir avec leurs traîneaux ?

J'ai visé juste. Je le tire de sa rêverie. Il
lève la tête, ses yeux s'illuminent comme si
je venais d'allumer deux chandelles dans le
noir. Lui aussi pensait aux trappeurs. Nous
sommes en avril, c'est la fin de la saison
de chasse. Ils vont bientôt arriver l'un à la
suite de l'autre. La vie va reprendre dans la

communauté. Shigobi va négocier avec les trappeurs, acheter les peaux de castor, de vison, de martre, de loutre, de renard. Il va préparer de gros ballots de fourrure, les expédier dans les entrepôts de Montréal. Ce sera une des plus grandes fêtes de l'année, un beau *makousham*[1]. Il n'y en a pas deux comme lui pour évaluer une peau de castor. Il la secoue pour replacer le poil dans le bon sens, l'étend sur la grande table en bois, passe amoureusement sa main dedans, les doigts écartés comme les dents d'un râteau, se penche, souffle dessus pour voir le duvet, sourit.

— Les traîneaux ? Oui, oui ! justement, lance-t-il en revenant sur terre, c'est ce à quoi je pensais. Tu lis dans mon esprit, Ojipik ! Il faut être patient, attendre encore un peu. C'est le printemps qui décide, pas nous. Un jour, ta grand-maman m'a raconté une histoire que je n'ai jamais oubliée. Je vais te la raconter à mon tour. Elle en dit long sur les saisons :

« L'été, Soleil est charmeur. Il est beau, se fait doux. Il s'approche de Terre, la caresse, lui souffle de beaux mots à l'oreille, lui parle

---

1. *Makousham* : grande fête pour marquer le retour d'une chasse fructueuse ou un événement important de la vie.

en amoureux. Il lui fait l'amour au clair de lune.

« Puis arrive un jour Automne. Terre chuchote à Soleil : "Je suis enceinte."

« Elle prépare un bébé dans son ventre. Soleil en est bien content. Il a toujours voulu avoir des enfants, beaucoup d'enfants. Mais il doit s'éloigner bien malgré lui de son amoureuse, car Soleil, comme les Anishnabés, est nomade. C'est un chasseur, et le territoire qu'il parcourt est immense. Il enveloppe alors minutieusement Terre, son amoureuse, dans la neige et le froid pour qu'elle puisse attendre son retour en toute sécurité.

« Terre, enceinte, fait alors comme l'ours, la marmotte, le castor et beaucoup d'animaux. Elle hiberne, tout en préparant la naissance de son enfant.

« Nous avons l'impression qu'au cours de la saison froide tout est gelé, immobile, qu'il ne se passe rien. Mais c'est tout le contraire. Sais-tu ce que Terre porte dans ses entrailles ? Printemps ! Et Printemps, c'est comme un œuf couvé par une cane dans son nid. Quand vient le temps d'éclore, rien ne saurait empêcher le caneton de sortir la tête de sa coquille.

« As-tu remarqué que depuis deux semaines, Printemps bouge dans les entrailles de

Terre comme un bébé qui donne des coups de pied dans le ventre rond de sa maman? Il faut avoir l'œil aux aguets, le nez fin et les oreilles en alerte pour voir les premiers signes de Printemps.

«Ça se voit dans la neige qui se cristallise, ça s'entend dans le chant langoureux du vent, ça se sent dans la brise qui transporte les odeurs de sapin, l'arrivée d'oiseaux nouveaux…

«Tu sais, Printemps, c'est la naissance, la vie qui se ranime. Il est pris en charge par le ciel, les étoiles, la Voie lactée, mais il est avant tout sous nos pieds, dans Terre que nous foulons.»

— Voilà la belle histoire que me racontait Koukoumis, dit mon père, songeur.

Il se tait un long moment, immobile. J'attends. Je suis habitué. Cela lui arrive souvent quand il réfléchit profondément. J'ai toujours hâte d'entendre ce qu'il aura à me dire quand il sortira de ses pensées. Il ajoute enfin, la figure toujours aussi sérieuse, comme s'il me livrait une grande vérité que je ne devrais pas moi non plus oublier:

— Terre est le terrier de Printemps, croyait ton grand-père Wawaté. Et Koukoumis le relançait en ajoutant que Printemps était l'enfant de Soleil et de Terre, et que sa grand-mère était Lune. Printemps est l'enfant de l'univers et il porte en lui la vie, l'espoir!

Les familles de chasseurs ont passé tout l'hiver au cœur de la forêt sur leur ligne de trappe. Elles savent bien que la terre se prépare à vivre un printemps. Il en a toujours été ainsi. Elles vont profiter de la toute dernière gelée pour voyager sur la neige croûtée et les lacs gelés. Surveille bien le lac. Tu as hâte de les voir?

— Oui, j'ai bien hâte!

— Moi aussi!

Shigobi pose sa grosse patte d'ours sur mon bras. Ça me bouleverse toujours quand il me touche ainsi. Mon cœur accélère, claque dans ma poitrine comme les ailes d'un huard qui prend son envol sur l'eau. Je mords dans ma tartine.

— Le premier qui voit un attelage prévient l'autre?

Je fais signe que oui de la tête et j'ouvre la bouche…

— Eh!

Il me menace de son index et me dit en mâchant bien ses mots, l'œil sévère:

— On ne parle pas la bouche pleine. Ce n'est pas poli!

Je savais fort bien qu'il allait me dire cela. Je l'ai provoqué en faisant semblant de vouloir parler la bouche pleine. Il a retenu cette phrase mot pour mot de ma mère qui me la répétait sans cesse. Et maintenant, il la reprend à son compte. Ma mère n'est plus là, mais c'est parfois comme si elle y était encore un peu. J'avale ma bouchée tout d'une traite, comme une pilule. La bannique passe de travers dans ma gorge. Ma vue se brouille. J'ai voulu faire une blague et maintenant j'ai les yeux pleins d'eau. Shigobi se lève de table. Il est temps pour lui d'aller au poste.

8

COMBAT DANS LA *SHED* À BOIS

Ce matin, bien que nous nous soyons levés tôt, nous sommes en retard. Shigobi est reconnu pour sa ponctualité. Il s'empresse de se rendre à son travail. Il se fait un point d'honneur de ne jamais être en retard au poste. Je reste à la maison pour débarrasser la table, ranger la nourriture et emballer la bannique pour qu'elle reste bien fraîche. Je nourris le poêle avec de gros morceaux de bois. Il ne faut surtout pas laisser mourir le feu, même pendant le jour. Alors, je l'entretiens sans cesse.

Assise à côté de moi, La Louve balaie le plancher à grands coups de queue comme si elle faisait le ménage. Elle ouvre sa gueule rose, tire la langue, frémit des babines, montre ses longs crocs ivoire. Je joue à l'indifférent. Elle change de tactique, pose son museau sur un de mes genoux, me lance des regards suppliants, fait la moue. Je lui caresse la tête.

Elle recevra sa pitance dehors, dès que nous serons sortis. Dans la *shed* attenante à la maison, je prends un gros poisson blanc gelé comme une bûche de bois et le lui lance. Elle saute, l'attrape au vol dans ses mâchoires puissantes comme un piège à ours. Elle immobilise le poisson dans la neige de ses deux pattes d'en avant puis CRAC ! les arêtes se brisent. La Louve coupe le poisson en deux et l'engloutit en trois coups de gueule, sans même se donner la peine de le mastiquer. Elle en demande un autre, mais Shigobi dit qu'un poisson par jour lui suffit. Le poisson blanc est gras et nourrissant. Cette nourriture tient la chienne en forme et lui donne un beau poil blanc, légèrement gris au col, long, épais et lustré.

Je n'ose pas l'approcher quand elle mange. J'attends qu'elle ait fini de tout dévorer et qu'elle vienne me voir d'elle-même. Elle ne laisse rien, même pas une écaille dans la neige.

La Louve et moi sommes inséparables. Mais nous avons chacun nos territoires et nous nous respectons.

Elle a une belle tête, deux yeux vert bouteille et une queue exceptionnelle. Un fanion poilu qu'elle se plaît à dérouler haut dans les airs, surtout quand il y a des chiens autour. Elle est fière de sa queue. Elle est costaude, élancée, dotée d'une vue perçante, d'un odorat fin et d'un instinct qui ne la trompe jamais. Je sais qu'il n'y a rien à son épreuve. Depuis le printemps dernier, elle se couche bien au chaud sous la « bavette » du poêle, le museau collé sur le plancher et elle grogne de satisfaction. C'est sa place de prédilection dans la cuisine.

Je m'empresse de tout ranger avant d'aller au poste rejoindre mon père. Tout à coup, ma chienne dresse ses oreilles, se lève nerveusement sur ses quatre pattes. Elle aboie fortement, ce qu'elle ne fait jamais dans la maison, gratte frénétiquement le cadre de la porte avec ses griffes. Elle demande à sortir. Alors, j'entrebâille à peine la porte.

Rapide comme une souris, La Louve s'élance dans l'ouverture et se catapulte sur la galerie en aboyant à tue-tête. Elle tourne le coin du perron sur deux pattes, glisse au risque de se casser le cou. Je me dis qu'elle a probablement senti ou entendu un écureuil dans les pins, ou qu'un lièvre imprudent est passé dans le bosquet. À ma grande surprise, au lieu de courir vers la forêt, elle se précipite vers la *shed* à bois. Je la talonne.

La porte de la *shed* pendouille, défoncée! La Louve est déjà à l'intérieur et c'est l'enfer. Elle pousse des cris aigus, des cris de colère comme jamais elle n'en a émis, qui se mêlent à des grognements rauques. Je m'avance prudemment pour voir. Dans la pénombre, j'aperçois une immense boule noire avec de gros yeux de braise : un ours, un énorme ours noir vingt, trente fois plus gros que La Louve ! La bête a brisé la porte d'un puissant coup de patte. Elle a certainement été attirée par une pleine poche de poissons blancs que Sam Petitbras y avait déposée la veille pour La Louve. Le gros voleur a flairé de loin l'odeur du poisson. N'écoutant que sa faim, il s'est approché sans bruit sous le couvert de la nuit et VLAN !

L'ours affamé est non seulement en colère, mais aussi humilié. Il s'est fait prendre sur le fait par La Louve, les deux pattes dans la poche. Il a déjà un énorme corégone[1] de travers dans sa grande gueule.

Furieuse de voir cet intrus se nourrir à même sa pitance, La Louve crache le feu ! Elle tourne autour de la grosse bête qui se lève sur ses deux pattes d'en arrière sans pour autant abandonner sa prise. L'ours veut impressionner La Louve par sa hauteur, mais elle ne s'en laisse pas imposer. Vive et imprévisible comme un tourbillon de neige dans

1. Corégone : poisson blanc de la famille des salmonidés abondant dans nos cours d'eau.

la tempête, elle devient hallucinante. Les crocs sortis, elle virevolte, aboie, gronde, saute, mord sans cesse l'ours aux jarrets, l'attaque aux flancs à grands coups de gueule, arrache des « mordées » de poils sur ses fesses.

La surprise passée, le voleur reprend ses sens. Il gronde comme les chutes à Rolland au printemps, bat l'air à grands coups de ses pattes larges comme les pales de l'hélice d'un Beaver[1], toutes griffes dehors, prêtes à lacérer la chienne. L'ours noir entre dans une colère blanche. Il tombe dans le piège tendu par la chienne. Il est tellement enragé qu'il n'en voit plus clair. Il plonge à droite, à gauche, s'écrase à pieds joints pour saisir sa proie comme un chat qui attaque une souris. Mais preste comme le vent, ma chienne esquive tous les assauts. Il suffirait d'un coup de patte pour qu'elle soit projetée sur le mur, éventrée.

Il n'y a plus rien qui tienne dans la *shed*! Le cœur veut me sortir de la poitrine. Je cours vers le poste en criant à tue-tête:

— Papa! Papa, un ours, un ours dans la *shed* à bois!

Ma voix angoissée porte loin dans l'air frisquet de ce matin de printemps. Shigobi

1. Beaver: marque d'un avion de brousse à hélice.

m'a entendu et il a compris immédiatement ce qui se passe. J'entre en trombe dans le poste. Il a déjà pris sa 30-30 toujours appuyée dans le coin de son bureau, à portée de main. Il saisit une poignée de balles dans le tiroir de son bureau, et nous prenons tous les deux la direction de la maison. Shigobi est en bras de chemise. Il charge sa carabine tout en marchant à grandes enjambées. Je le suis derrière. Je suis certain que l'ours a déjà écrabouillé ma chienne comme un maringouin qu'on écrase d'une tape du revers de la main. Je me dis que je vais la retrouver baignant dans une mare de sang!

Au moment où nous arrivons, le gros ours trébuche sur le «banc de scie» et tombe de tout son poids sur le mur arrière de la *shed*. Les vieilles planches d'épinette, sèches comme des allumettes, volent en éclats. La bête roule dehors! Elle n'en espérait pas tant. Elle prend la poudre d'escampette cul par-dessus tête, sans demander son reste. La Louve n'abandonne pas la partie pour autant. Elle s'engouffre derrière l'ours en aboyant plus fort que jamais.

Shigobi a épaulé, mis en joue. Mais il ne tire pas. Je crie:

— La Louve! La Louve! Non! Non! Reviens ici.

Mais ça ne sert à rien. Elle n'en fait qu'à sa tête. J'aimerais partir derrière elle, mais mon père qui a désamorcé sa carabine pose sa main sur mon épaule pour me calmer :

— Ta Louve ne t'entend pas. Elle est dans un autre monde. Celui des loups.

Comprenant mon inquiétude, il ajoute d'une voix calme qui troue le silence :

— Ne t'en fais pas, Ojipik. La Louve n'est pas en danger. À la première occasion, l'ours va grimper dans un arbre et se réfugier le plus haut possible dans les branches.

— Et La Louve ?

— Elle n'est pas patiente. Elle sait d'ailleurs qu'elle ne peut pas faire plus que ce qu'elle a fait dans la *shed*. La chienne va aboyer jusqu'à s'épuiser, puis elle reviendra à la maison.

— Et l'ours ?

— L'ours ! Il va attendre patiemment, reprendre son souffle, puis descendre quand il se sentira en sécurité pour regagner son territoire.

La *shed* est dans un état déplorable. La porte arrachée est en morceaux, le mur est défoncé. Notre grand canot en toile rouge est troué, nos raquettes sont pliées en deux et, notre tente est lacérée, finie ! Des poissons sont répandus sur tout le sol. Il y a des

crottes et de l'urine d'ours et de chien partout. Ça sent mauvais! C'était un sacré com-
bat qui s'est déroulé dans la *shed* et je me
demande comment ça va finir.

Sam Petitbras, le cousin de mon père, me
rejoint en après-midi. Nous sommes à mettre
de l'ordre dans le hangar quand tout à coup,
La Louve passe devant l'ouverture de la
grande porte sans même nous regarder. Je
suis content, mais je ne le manifeste pas.
D'autant plus content que nous avions vu du
sang par terre et trouvé un lambeau de chair
poilu. Je redoutais le pire. Mais elle est là,
sur ses quatre pattes.

La Louve est exténuée, crottée, le poil
collé sur le corps, la tête maculée de sang.
Mais elle est fière d'elle. Elle a perdu l'oreille
gauche, mais gagné en prestige et en épaulettes. Ça se voit dans ses yeux verts, luisants
comme des lucioles, pleins de défi. Sa fierté
est encore plus évidente dans sa démarche.
Elle passe et repasse, se pavane devant nous
comme une perdrix qui fait la roue.

9

LA PRIÈRE DU CHASSEUR

Le soir même, au souper, la conversation va bon train entre Sam, Shigobi et moi. Nous parlons abondamment des événements de la journée. La Louve somnole, étendue de tout son long sous la « bavette ». Koukoumis s'est occupée d'elle. Elle l'a lavée, a nettoyé sa tête, désinfecté sa plaie avec un médicament dont elle connaît le secret.

La chienne fait toujours mine de rien, mais elle sait que nous parlons d'elle. J'ai fait rire Shigobi et Sam en disant :

— Mademoiselle fait la snob, mais elle nous écoute attentivement d'une oreille !

Je m'habitue à lui voir la tête ainsi. Cela lui donne un air original qui lui convient bien.

— C'est un sacré beau cadeau que ton grand-oncle Poné Matchewan t'a fait le jour où il t'a donné cette petite chienne, dit Sam. Tu as maintenant une compagne de grande valeur. Elle t'en a donné une belle preuve ce matin en ne s'en laissant pas imposer par ce gros ours. Tu sais, Ojipik, les huskies sont nos alliés dans notre vie de chasseurs et de trappeurs. Ils nous sont indispensables. Tu verrais, toi, Poné Matchewan monter dans le bois à l'automne sans ses traîneaux à chiens pour passer l'hiver sur son territoire? Non! Certainement pas. Comment se déplacerait-il?

Je m'accroupis près de la chienne et je passe ma main à rebrousse-poil sur son dos. En tout cas, moi, ma Louve, je l'aime bien et j'ai eu peur de la perdre aujourd'hui dans la *shed*. J'en tremble encore.

Shigobi conclut pour tous:

— La Louve nous a démontré qu'elle porte bien son nom. L'âme d'un chien husky restera toujours l'âme sauvage et libre d'un loup. Nous aussi, les Anishnabés, on nous appelle des «Sauvages». C'est parce que nous tenons à notre liberté et qu'il y a du loup en chacun de nous.

Le lendemain, au milieu de l'avant-midi, BANG! un coup de feu retentit, un seul, puis plus rien. Je retiens mon souffle, j'ouvre les oreilles. La Louve tend le cou, lève le museau, flaire le vent. J'ai le cœur serré. Je suis seul à terminer le nettoyage de la *shed*.

Le silence est étrange, troublant. En forêt, on ne tire jamais pour rien. Il y a un animal qui vient de mourir pas très loin de la maison. Ce n'est pas un coup de fusil que j'ai entendu, mais de carabine. Un coup sec, percutant, qui ne pardonne pas. Un gros calibre selon moi. Mon père aussi l'a certainement entendu du poste. Mais je ne le vois pas sortir. Il doit savoir ce qu'il en est.

Je m'arrête sur la galerie, une brassée de bois dans les bras. Je vois passer une volée de corneilles qui crient à tue-tête et se chamaillent. Puis la vie reprend dans la forêt. Je retourne à ma besogne qui m'ennuie, perdu dans mes pensées. Je sais que j'apprendrai plus tard, dans les moindres détails, qui a tiré, dans quelles circonstances et quel animal est mort. Mais j'ai déjà ma petite idée là-dessus.

Je vois Sam venir de loin, à travers la petite fenêtre de la porte, enveloppé dans son *mackinaw*[1], une longue manche qui lui bat les fesses, une poche de jute roulée sous le bras,

1. *Mackinaw*: manteau ou veste à carreaux rouges et noirs.

son chapeau cabossé comme une vieille chaudière à thé enfoncé jusqu'aux oreilles. Il porte de longs cheveux noirs comme la nuit qui lui tombent en vagues sur les épaules.

Sam jette un coup d'œil sur mon travail en passant. Il pose la poche qu'il tenait sous le bras sur la galerie, essuie ses grosses bottes de draveur sur le perron, et entre en souriant :

— *Kwé ! Kwé !*

Ses *Kwé ! Kwé !* nous font sourire, Shigobi et moi. Les tons des *Kwé ! Kwé !* d'un visiteur sont toujours révélateurs de ce que celui-ci ressent. Le ton annonce souvent ce qui va se passer par la suite. Celui de Sam cache quelque chose qu'il meurt d'envie de nous raconter. Mais il fera durer le plaisir du récit le temps de se servir lentement une tasse de thé, de s'asseoir sur le bout du banc, de croiser les jambes, de prendre de petites lampées, de claquer la langue.

— Il a fait beau et frais aujourd'hui, dit-il enfin de sa voix traînante.

— Oui, répond mon père qui ne se montre pas plus empressé qu'il ne le faut.

Il joue le jeu et se verse une tasse de thé noir à son tour pour accompagner son ami. Il ajoute machinalement :

— Belle journée pour la chasse.

— Tu as fait du beau travail, Ojipik, dit Sam. Il ne restera qu'à remonter la porte et à refaire le mur du fond. J'ai mis toute la planche d'épinette dont nous aurons besoin de côté à l'entrepôt au poste. Quel démon, cet ours! Il en a fait, des gros dégâts!

Sam s'est raclé la gorge. La table était mise pour le récit :

— Ce matin, au lever du jour, je suis venu relever la piste de l'ours. Je l'ai retrouvée facilement dans le sable. D'autant plus qu'il a déguerpi comme s'il avait le feu au derrière, pour sauver sa peau, sans chercher à se camoufler. Pour me guider, j'avais en plus les traces très évidentes laissées par La Louve. J'ai marché lentement, sans me presser. Sans faire de bruit, j'ai retrouvé l'arbre dans lequel l'ours s'était réfugié à moins d'un mille d'ici. Épuisé, il avait grimpé à toute vitesse jusque dans la tête d'un gros pin d'au moins soixante pieds de haut. La Louve avait fait tout un ravage au pied de l'arbre. Le sol était battu, pisté, creusé, couvert de crottes. Le plus difficile était de voir dans quelle direction l'ours était parti quand il s'était senti en sécurité. J'ai vu de l'herbe foulée, des branches cassées, des traces dans la boue. Je me suis rendu compte qu'il marchait vers la rivière. Il avait certainement de plus en plus faim. Nous sommes au temps où la carpe se nourrit au pied des rapides. J'ai coupé à travers en direction de la rivière. Je me suis approché du bassin à pas de loup, en rasant le sol, silencieux comme un hibou, et je me suis posté dans les buissons, près d'une grosse roche, agenouillé sur le sol. J'ai attendu en scrutant les environs. Tout à coup, j'ai entendu SPLASH! Il était là. Je l'ai vu à moins de deux cents pieds. Efflanqué, énorme, le dos rond. Il se confondait avec les roches noires et limoneuses qui jonchent la rive.

J'ai pris tout mon temps. Je ne voulais pas le tuer par surprise. J'ai parlé doucement, dans mon cœur, pour que mes paroles portées par le vent et le bruissement de l'eau l'apaisent. J'ai fait ma prière de chasseur anishnabé. Je l'ai remercié à l'avance pour sa générosité.

L'ours possède un esprit puissant: Makwa. Il savait ce matin que j'étais venu à sa recherche pour le tuer. Alors, je devais me justifier, le rassurer. Il ne me permettrait pas de prendre sa vie si je ne réussissais pas d'abord à le convaincre de la nécessité de sa mort. Je lui ai dit:

Ours, viens, viens vers moi. N'aie pas peur.
Montre-toi.

Tu es mon ancêtre Mushum.
N'aie pas peur.
Nous sommes de la même race toi et moi,
la race des Anishnabés. Des sapins,
des épinettes, du vent et de la pluie.
Les outardes et les loups sont aussi nos frères
et nos sœurs.
Nous sommes du même sang.

J'ai besoin de ta peau
pour me tenir au chaud
cet hiver.
De ta chair, pour nourrir nos aînés.
De boire ta graisse si précieuse pour rêver
et dormir.
De tes os si durs, pour me faire un couteau.
De tes dents, pour mon collier beau
et puissant.

Viens sans crainte, mon grand-père.
Tu ne mourras pas.
Je vais jeter tes os au feu, dans les tisons
et ton esprit sera libéré.
Il partira en fumée pour renaître en forêt
ou parmi les étoiles dans
la Voie lactée.
Miguetsh pour ta générosité.

C'est là ma prière de chasseur d'ours. C'est mon père qui me l'a apprise quand je chassais avec lui. Tout ce que je sais, c'est lui qui me l'a enseigné. C'est ainsi que j'ai prié tapi derrière ma roche. Je sais que Makwa m'a entendu. Je l'ai senti dans tout mon être. C'était une sensation bien spéciale, comme une communion avec lui. J'étais ours et il était Sam Petitbras.

L'ours noir a flairé le vent. Il est venu vers moi. Je me suis mis en position de tir. Je n'avais qu'une chance, qu'un seul coup. Il devait être fatal. Handicapé comme je le suis, avec un seul bras, je ne pouvais pas tirer et recharger rapidement mon arme. Je devais viser juste, sinon l'ours blessé se vengerait sur moi. Il ne me pardonnerait pas de lui faire mal. Il doit mourir instantanément, en douceur.

J'ai appuyé ma vieille 303 sur le dos de la roche. Elle m'a servi de support. J'ai épaulé. Je l'ai mise en joue. L'ours s'est levé sur ses deux pattes, m'offrant sa large poitrine à découvert.

BANG! Je l'ai touché droit au cœur. L'ours foudroyé s'est affaissé de tout son poids sur la plage. Je suis resté en place, agenouillé, dans le grand calme qui figeait la forêt tout entière. Mon cœur a cessé de battre un instant. Il y a toujours après la mort, que ce soit celle d'un ours, d'une fourmi ou d'un être humain, un immense vide, un profond silence, que nous ressentons au fond de nous, comme un regret de mourir.

Puis, la vie a repris son cours et j'ai dit : « *Kitshi miguetsh*, mon grand-père », car l'ours est notre ancêtre à nous tous. Ojipik, je t'ai apporté la peau. Elle est dans la poche de jute sur la galerie. Elle t'appartient, car c'est toi qui as vu l'ours le premier.

— *Miguetsh*, Sam !

J'ai remis la chair et le gras à Koukoumis. Elle va conserver la graisse et fumer la viande pour le prochain *makousham*.

Shigobi prend la parole pour dire :

— Un ours, c'est un cadeau du Kitshi Manitou. Nous aurons un beau festin grâce à toi, Sam. Tu as bien fait de le tuer : un ours qui a trouvé de la nourriture à un endroit le garde en mémoire et y retourne toujours, surtout en ce temps-ci de l'année, car il vient de sortir de sa ouache et il n'a rien mangé de l'hiver ! Il aurait fallu le tuer tôt ou tard.

10

SAM PETITBRAS

Tous les soirs à six heures, Sam Petitbras vient veiller. Il est réglé comme une Westclock. C'est son habitude. Ça me fait de belles soirées remplies de toutes sortes d'histoires, toujours plus surprenantes les unes que les autres.

Sam entre :

— *Kwé! Kwé!*

Il va droit au vaisselier, saisit sa *dish*[1] en recourbant son index comme un crochet sur le rebord.

C'est toujours la même qu'il prend : la *dish* en fer-blanc. Il va au poêle, la pose sur le *boiler*[2], empoigne le « canard » de sa main, se verse un thé noir et sirupeux qui a passé la journée à infuser. Sam se casse un quignon de bannique, s'assoit à sa place sur le bout du banc qui court le long du mur et qui dépasse la table d'à peine un pied. Il trempe

1. *Dish* : gobelet sans anse en fer-blanc.
2. *Boiler* : réservoir à eau chaude intégré au poêle à bois.

sa croûte dans le thé, arrondit sa bouche, tire son long cou mince, aspire vite le pain imbibé comme un bec-scie qui avale un méné. Il claque la langue. La croûte ingurgitée, il s'essuie le bout des doigts sur la cuisse, sirote son thé à petites gorgées.

Sam est habile. Avec une seule main, il accomplit davantage que bien d'autres avec leurs dix doigts! Il boit son thé le soir avec nous comme si c'était une cérémonie très importante, parfois sans même dire un mot. C'est un homme discret, qui aime le silence. Sa présence est belle et nous sommes contents quand il est là.

Sam Petitbras fait tout dans la vie de la même façon qu'il boit son thé et mange sa bannique. Il vit au ralenti, au rythme des saisons. Comme si cet homme avait pris conscience que chaque gorgée, chaque bouchée, chaque inspiration d'air frais, chaque parole qui sortent de sa bouche pouvaient être les dernières.

En plus d'être cousins, lui et Shigobi sont deux grands amis inséparables depuis leur enfance. Je le considère comme mon grand frère. Il veille sur moi et, mine de rien, il m'enseigne tout ce qu'il sait chaque fois que l'occasion se présente. Ce n'est pas compliqué. Je n'ai qu'à le regarder faire pour comprendre.

En fait, Shigobi et Sam ne se sont séparés que deux fois. La première fois, c'est quand mon père est allé étudier à Winnipeg pour apprendre son métier de gérant pour la Compagnie. Il est parti pour deux ans. La deuxième fois, c'est quand Sam a eu son accident.

Petitbras est le nom que Sam porte aujourd'hui. Au lac Cabonga, au lac Barrière, au grand lac Victoria, à Val-d'Or, à Maniwaki, tout le monde sait qui il est. Mais autrefois, il portait un autre nom : Néwashish. Son père était un Attikamek et sa mère, une Anishnabée. Aujourd'hui, plus personne ne l'appelle Néwashish à cause de ce qui lui est arrivé. Sam n'en parle jamais. C'est Koukoumis qui m'a raconté son histoire.

« Un automne, le missionnaire qui connaissait les talents de chasseur de Sam lui a demandé de guider un riche Américain à la chasse à l'orignal. Il lui a dit que c'était son évêque à Ottawa qui lui demandait ce grand service et qu'il ne pouvait pas le décevoir. Cet Américain était un important donateur. "Un homme généreux pour l'Église", insistait le curé qui se rendait bien compte que Sam n'était pas intéressé par sa proposition.

L'évêque avait même promis à l'Américain un gros *buck*[1] avec un panache si volumineux qu'il impressionnerait tous les chasseurs des États-Unis d'Amérique.

«Le jeune chasseur a fini par céder. Sam et l'Américain sont partis tôt le matin. Le guide a posté l'homme au bon endroit en lui recommandant de ne pas bouger, de ne pas faire de bruit, de bien écouter, de bien regarder et surtout de tirer uniquement lorsqu'il verrait la bête devant lui.

«L'Anishnabé était chez lui. Il connaissait son territoire comme le fond de sa besace! Il a vite fait de débusquer et de traquer un gros mâle. L'orignal est passé sous le nez de l'Américain au moment où celui-ci s'allumait une cigarette. Tout énervé, l'homme s'est levé prestement, a porté son arme à son épaule. Il a cherché dans la forêt, mais trop tard. Sam marchait derrière l'orignal lentement, le rabattait doucement, à pas de loup.

BANG! L'Américain a cru qu'un autre orignal passait devant lui. Cette fois, il ne voulait surtout pas le manquer. Il a tiré à l'aveuglette, sans voir, sans savoir. La balle puissante a fracassé le coude de Sam, lui a

1. *Buck*: mot anglais couramment utilisé qui désigne un orignal mâle.

arraché la moitié du bras. Il aurait pu le tuer sur le coup! Foudroyé, Sam est tombé à la renverse. Il a perdu connaissance. Le tireur a pris peur. Il s'est sauvé à toutes jambes, laissant le blessé seul en forêt, étendu sur le sol gelé.

Plus tard, le curé éploré a informé Shigobi de ce qui était arrivé en forêt:

— C'est un accident, lui criait-il, un terrible accident. Sam n'a pas été prudent!

« Mais Shigobi ne l'écoutait pas. Il a volé au secours de son cousin avec d'autres jeunes. Ils ont trouvé Sam assis, appuyé à un arbre, le bras ensanglanté. Koukoumis suivait tout de suite derrière eux pour lui donner les premiers soins. Sam était gravement blessé.

« Les agents de la Police montée[1] étaient au village. Ils ont transporté Sam d'urgence dans leur hydravion à l'Hôpital général d'Ottawa. Il a été opéré sur-le-champ. On a eu peur qu'il ne meure. Heureusement, c'était un garçon solide comme un érable, en pleine forme, fort comme un ours. Il est resté six mois à Ottawa. Trois mois pour son bras, trois autres pour suivre un cours de mécanique des petits moteurs. La Compagnie de la baie

---

1. Police montée: nom donné à la Gendarmerie royale du Canada.

d'Hudson avait besoin d'un mécanicien au poste pour réparer les Kickers[1] de plus en plus utilisés sur les canots.

« À son retour, on a préparé une grande fête pour l'accueillir. Tous étaient contents de le voir. On pouvait dire sans se tromper qu'il avait frôlé la mort de près. Ce soir-là, Wawaté lui a donné son nouveau nom. Il lui a dit devant tous, pour que chacun sache et ne l'oublie pas :

— Dorénavant, tu t'appelleras Sam Petit-bras, pour que ce qui t'est arrivé ne soit jamais oublié.

« Tout le monde était parfaitement d'accord avec ce qu'il venait de décider. Ce nouveau nom lui allait très bien et traduisait fidèlement ce qu'il était : toujours le même homme, avec les mêmes qualités, les mêmes valeurs, un Anishnabé avec deux bras, mais l'un était plus petit que l'autre. Sam aussi était bien d'accord. C'est un homme courageux !

« L'été suivant, le missionnaire est revenu au lac. Il a offert un billet de cent dollars américains à Sam. Celui-ci a refusé net en lui disant :

— Tu peux garder ton argent pour ton Église. Elle en a plus besoin que moi ! »

1. Kickers : marque de moteur hors-bord.

11

BOIRE EN CACHETTE

Les deux cousins sont aujourd'hui bien différents l'un de l'autre. Mon père a l'air d'une montagne et il en a le caractère. Il est souvent sombre et bourru, distant, comme perdu dans les nuages. Quand il se met en colère, on croirait entendre le tonnerre rebondir sur les cimes des arbres tant sa voix devient puissante et ses yeux lancent des éclairs.

Sam est tout le contraire. Il a l'air d'un sapin rabougri battu par des vents violents, comme ceux qui poussent péniblement sur la pointe nord de la Grande Île. Il est maigre comme un chicot. La peau lui colle sur les os. Il a le nez pointu, la figure toute picotée comme un vieil arbre troué par les fourmis. Sa voix est rauque, elle lui racle le fond de la gorge. Quand il parle, sa pomme d'Adam gigote. Mais ce qui frappe le plus chez lui, ce sont ses petits yeux perçants, malicieux, vifs comme ceux d'un vison. On dit qu'il est comme ça depuis son accident.

Assis, mon père prend toute la chaise. Il en impose! Sam, lui, pose le bout de ses fesses sur le rebord du banc, le bras collé sur son flanc, les jambes croisées, serrées, les genoux emboîtés comme deux branches d'arbre nouées l'une à l'autre. Il sirote son thé, fume cigarette sur cigarette. Il peut rester des heures dans cette position sans bouger, les yeux fixés sur le plancher, plongé profondément dans ses pensées.

Parfois, papa a de la bière à la maison. Les deux hommes aiment bien boire ensemble. Dans ces occasions, ils tirent le vieux rideau et soufflent la mèche de la lampe. Ils boivent dans la pénombre, à la lueur du poêle à bois, l'hiver, ou du coucher du soleil, l'été. S'ils boivent en cachette, c'est qu'il est strictement interdit à un Indien de boire de l'alcool, d'en acheter ou même d'en avoir en sa possession. C'est la loi! La Police montée veille sur nous comme un aigle sur son territoire. Elle est sournoise. Elle arrive toujours sans s'annoncer pour nous faire peur, pour nous prendre en défaut. Plusieurs Anishnabés sont emprisonnés pour avoir été pris à boire ou parce qu'ils étaient en état d'ébriété. C'est grave! Si mon père se faisait prendre à boire, il risquerait la prison et perdrait certainement son emploi. Mais il connaît les allées et venues de la police.

Sam et Shigobi se cachent, mais quand ils ont à boire, tout le monde le sait. Ici, tout se sait rapidement de toute façon. On se cache de beaucoup de choses. Surtout de ce qui est blanc: la police, le curé, les arpenteurs, les agents du gouvernement. Nous avons toutes les raisons au monde de nous méfier de ces gens-là! Mais il y a une autre loi, celle du silence. Jamais un Indien ne dénoncerait son frère ou même son pire ennemi aux Blancs. La règle est de ne pas sourire, de ne pas ouvrir la bouche, de faire comme s'il ne se passait rien, de faire aussi comme si on ne comprenait rien.

Pour avoir de la bière, Shigobi fait parfois des échanges avec les pilotes de brousse: dix livres de viande d'orignal contre une caisse de vingt-quatre bières. Mais plus souvent qu'autrement, ce sont les Américains qui la lui donnent après la chasse, surtout si elle a été bonne. Ils lui laissent aussi des *peanuts* salées, de longues cigarettes à bouts filtres, des Malborough. C'est moins coûteux et encombrant pour eux de les donner, que de les rapporter dans leur pays. Il faut être riche pour manger des *peanuts* salées.

Les Américains aiment aussi donner des couteaux aux Indiens. Mon père en a un plein tiroir. Il ne sait plus quoi en faire tellement il en a, et de toutes les formes et de toutes les couleurs : des gros, des petits, avec des manches en bois, en corne ou en plastique, des lames minces, droites ou courbées.

Les autres chasseurs, les Canadiens français, ceux qui viennent de Maniwaki, de Montréal, d'Ottawa ou de Val-d'Or, c'est bien simple, ils ne donnent rien, mais ils prennent tout. Ils tuent tout ce qu'ils voient et pêchent dans les fraies. Ils prennent des tonnes de poisson qu'ils cachent dans le fond de leur camion pour ne pas se faire prendre par les gardes-chasses.

Un jour, Sam m'a raconté :

«Un automne, je revenais de faire la levée de mon filet de pêche. J'étais content. Je portais sur mon dos une poche de poissons blancs bien remplie. Une camionnette de chasseurs qui retournaient à Montréal m'a croisé sur la route. La camionnette s'est vite arrêtée à ma hauteur. Le chauffeur baisse sa fenêtre et m'apostrophe :

— Hé, l'Indien ! Qu'est-ce que tu transportes dans ta poche comme ça ? Ça a l'air pesant !

— Du poisson, que je lui réponds.

— Tu me vends ça combien?

— C'est pas à vendre, c'est de la nourriture pour les aînés, ceux qui ne vont plus à la chasse ou à la pêche. Ils aiment le poisson blanc. J'ai pêché pour eux.

« Le chauffeur se penche, son gros ventre appuyé sur le volant et, à tâtons, il attrape une bouteille de bière oubliée depuis longtemps sous son siège. Il me la montre comme si c'était une pépite d'or qu'il venait de sortir du lit d'une rivière. Elle est poussiéreuse, certainement *flatte*.

— Je te donne une belle bière, tu me donnes ta poche de poissons!

« Je fais signe que non de la tête.

— Enwaye, crisse! Une bonne Molson. Tu serais bien le premier Indien à cracher là-dessus!

« Tous les chasseurs riaient et se tapaient sur les cuisses dans la camionnette. Ils me criaient:

— Enwaye! Enwaye donc, l'Indien! Sacrament! Prends-la!

« J'ai poursuivi ma route sans rien dire. Le chauffeur en maudit a lancé la bouteille à bout de bras, de toutes ses forces, aussi loin qu'il l'a pu dans la forêt.

— Tu iras la chercher si tu la veux, pis ton poisson, tu peux te le fourrer dans le cul!

«La bouteille a culbuté dans les airs en sifflant et elle a éclaté en mille miettes sur une roche. Ils sont partis en sacrant contre moi, comme si un Indien n'avait pas le droit de refuser quelque chose à un Blanc!»

Après le récit de Sam, je décapsule les bouteilles pour les deux buveurs. J'ai droit à la mienne. Une, mais pas plus. Mais je n'aime pas la bière. J'en garde un mauvais souvenir. La première fois que j'en ai bu une, elle m'a piqué les joues, monté au nez, chatouillé les narines. J'ai tout de suite eu les yeux pleins d'eau. Je me suis étouffé. Ça a bien fait rire mon père et Sam. Depuis, je trouve que la bière sent et goûte la bête puante.

Deuxième partie

LA DERNIÈRE TEMPÊTE

1

CHACUN SON TOUR

Tous les matins, à sept heures, mon père est au poste de traite. Il allume le radiotéléphone qui prend toute la place sur une table carrée au fond de son bureau. Ce radio est notre seul moyen de communication avec l'extérieur. Un gérant peut recevoir des instructions du *head office*[1] de Winnipeg sur le prix à payer pour les fourrures et en retour donner les résultats de la trappe sur le territoire. Mais ce qui l'intéresse le plus, c'est de savoir ce qui se trame un peu partout. En écoutant les messages radio, nous connaissons les allées et venues de la Police montée, des agents du ministère des Affaires indiennes, des *boss* de la compagnie forestière, des arpenteurs, du missionnaire, de l'infirmière, des gardes-chasses et nous avons des nouvelles de monsieur Saint-Amour, le gardien du barrage d'Hydro-Québec. Mon père est bien informé et il sait des choses que la plupart des gens ne savent pas. Cela nous est très utile.

1. *Head office* : siège social.

Nous sommes plusieurs sur le vaste territoire de l'Abitibi à utiliser les mêmes ondes pour communiquer. Il y a maintenant les camps de bûcherons de la Canadian International Paper de plus en plus nombreux en forêt, les camps de base des arpenteurs disséminés un peu partout, les équipes d'ingénieurs d'Hydro-Québec qui planifient des barrages sur les grandes rivières, les entrepreneurs qui construisent la nouvelle route 117 qui reliera Mont-Laurier à Val-d'Or.

Pour parler au radiotéléphone, il faut attendre son tour. Le plus rapide est le premier à pouvoir émettre sur les ondes.

Shigobi dit:

— Il fut un temps, il n'y a pas si longtemps, où nous étions pratiquement les seuls mais maintenant, c'est au plus fort la poche.

Le radiotéléphone est une découverte récente pour moi. Je dois tendre attentivement l'oreille pour comprendre, car ici, au poste de traite de la Compagnie de la baie d'Hudson, au grand lac Cabonga, la réception est rarement bonne. Le lac est encastré dans une cuve entourée de hautes montagnes qui coupent les ondes. De plus, les nombreuses tempêtes l'hiver et les orages l'été brouillent la réception.

Les voix que nous captons sur notre appareil sont nasillardes. Elles nous arrivent en retard et tel un écho, comme si la personne qui parlait à l'autre bout avait la tête enfoncée dans une vieille chaudière en tôle de dix gallons.

Shigobi explique que c'est comme quand nous nous parlons à tue-tête au pied des chutes à Rolland. Nous connaissons tous ces chutes, car elles sont près d'ici. Nous y allons souvent pour pêcher la truite. Nos voix s'y perdent dans l'humidité de l'air et le tintamarre assourdissant des eaux tumultueuses et des cailloux qui s'entrechoquent.

Mon père est un des rares à connaître le téléphone, car il a vécu en ville. Il dit que c'est le jour et la nuit par rapport à la radio. Par téléphone, la voix est transportée dans un fil métallique pas plus gros que son petit doigt. Il nous dit cela en nous le montrant, droit comme un poteau de tente.

— C'est magique, continue-t-il pour nous convaincre, Sam et moi. Les voix sont claires comme de l'eau de roche. On a l'impression, en parlant, que la personne avec qui on communique est dans la pièce d'à côté.

Quand il a fait son stage à Montréal, au bureau régional de la Compagnie de la baie d'Hudson, il lui arrivait de téléphoner à ma mère. Il conclut, en riant, que la radio que nous utilisons au poste ne se prête pas aux conversations amoureuses.

Quand on parle dans le micro du radio-téléphone, il faut aller au plus court, et puis tout le monde nous entend. Je m'assois confortablement dans la chaise capitaine de mon père. J'aime relever mes jambes, les enlacer de mes grands bras, poser mes talons sur le rebord du siège, appuyer mon menton sur mes genoux. Ainsi recroquevillé, je suis les conversations attentivement. Elles vont bon train.

Les échanges sur les ondes se font en anglais. Ce n'est pas une loi. Il n'y a rien d'écrit à ce sujet. Mais tout le monde est bien au courant que les *big boss* des compagnies forestières et de tout ce qui se fait sur le territoire sont anglais. Ils ne parlent jamais au radiotéléphone. Ils laissent cela aux autres! Mais ils donnent leurs ordres et sont à l'écoute.

Il y a deux exceptions à la règle. À partir du 6 janvier de chaque année, Shigobi fait une longue tournée des lignes de trappe des Anishnabés en avion sur skis. Il visite chaque famille de trappeurs une à une. Il leur apporte des denrées fraîches et récolte des peaux qui seront comptabilisées au printemps.

Shigobi nous parle tous les lundis de chez monsieur Saint-Amour. Le *watchman*[1] l'accueille dans sa cabane. Sam et moi conversons avec mon père en anishnabé. Ça en bouche un coin à tout le monde. C'est toléré, car ce qui se dit dans cette langue ne les intéresse pas vraiment. Nous sentons les lourds silences sur tout le territoire quand nous sommes sur les ondes. Personne n'en parle ouvertement.

Et il y a le deuxième cas, celui de monsieur Saint-Amour. Lui, c'est une tête forte. Un soir, à la maison, il s'est levé brusquement et a lancé d'une voix puissante en se tapant sur la poitrine:

— Je suis un Canadien français, ma langue est le français, j'en suis fier et je la parle quand je le veux et où je le veux. Avec un nom comme Saint-Amour, on ne parle pas anglais, c'est clair.

Et il a continué:

— Mes ancêtres sont ici en Amérique depuis quatre cents ans!

Ils ont bien essayé de le faire taire. Mais il a une grande gueule, comme il se plaît à le dire en riant. Il sait se défendre.

1. *Watchman*: gardien.

Je me demande depuis combien de temps les Anishnabés sont ici. Je ne le sais pas.

— En tout cas, me disait un jour Sam à qui je posais la question, c'est comme les épinettes, les bouleaux, la terre sur laquelle nous marchons, l'air que nous respirons. Ça ne se compte pas en années ou en siècles. Nous ne sommes pas d'ailleurs, ça c'est certain. Nous sommes d'ici !

Ce matin, les *jobbers*[1] parlent de cordes de «pitounes» et les arpenteurs, de construction de nouvelles routes de halage. Les *cooks* des camps forestiers commandent tour à tour de la *grease* pure lard, de la *flour*, du porc, du bacon et des «binnes».

Nous ne connaissons pas personnellement tous les interlocuteurs, mais nous identifions facilement les voix. Ce sont toujours les mêmes qui parlent et chacun a sa personnalité. J'ai imaginé une tête à chacun d'eux.

Il est 7 h 30 et j'attends toujours, de plus en plus impatient. Je crie à mon père en levant la tête :

1. *Jobber* : mot anglais qui désigne le propriétaire d'un camp de bûcherons.

— Bla! bla! bla! Des vraies pies. Ils ne sont pas reposants ce matin!

— Sois patient, Ojipik. Ton tour viendra.

Dans les grésillements, j'entends enfin comme des cris de goélands à travers la brume:

— AAALLLOOOO! AAALLLOOOO!

— WOW! Ça y est.

Le cœur me bat comme une patate dans l'eau bouillante. C'est la voix de monsieur Saint-Amour. Il a enfin réussi à obtenir les ondes. Il ne faut pas que je perde mon tour. Je me catapulte hors de mon siège comme une grenouille. J'empoigne le micro de la main droite, les deux coudes sur la table, plié en deux, l'oreille appuyée sur le grillage chaud du haut-parleur, le pouce sur l'émetteur, tendu comme un doigt fébrile sur la gâchette d'une carabine. C'est l'appel que j'attends.

— Ici le barrage, le barrage Cabonga, j'appelle la H. B. C.[1], la H. B. C. Cabonga. Me recevez-vous? Me recevez-vous? *OVER.*

OVER, c'est le signal qui dit que c'est à mon tour. Je dois faire vite. CLAC! J'enclenche, le micro en dessous du nez, collé à mes lèvres. Je crache dedans:

1. H. B. C.: initiales de la Hudson Bay Company.

— *ROGER! ROGER!* Je vous reçois, Hydro, je vous reçois deux sur cinq, deux sur cinq. *OVER!*

C'est à lui de nouveau. Nous avons les ondes pour nous maintenant. Mais il faut faire vite, aller à l'essentiel. Tous les autres sur le territoire nous écoutent. Deux sur cinq, c'est acceptable pour quelqu'un qui est habitué aux grésillements du radiotéléphone. Nous nous sommes fait l'oreille à la longue. Nous savons aussi très bien de quoi nous parlons. Ça facilite la compréhension.

Mon père me rejoint. Il se penche sur le gros radiotéléphone comme pour ne rien manquer et mieux comprendre. J'apprécie beaucoup que Shigobi me laisse parler. C'est un privilège. Ma joie de converser avec monsieur Saint-Amour est communicative. Il sait que j'aime beaucoup cet homme et nous partageons cet amour.

— *ROGER,* mon grand bonhomme, OK, OK! Trois sur cinq, trois sur cinq. *ROGER! ROGER!* Je t'entends, je t'entends. Tout va bien! Ça va bien! *OVER.*

— *ROGER! ROGER!* Vous avez de *la malle,* de *la malle* pour vous! Deux enveloppes! Deux enveloppes, un paquet, un paquet. Un petit paquet! *OVER.*

— *ROGER!* OK, grand bonhomme. Deux lettres, deux lettres, un paquet. Message reçu, bien reçu. Un grand merci, merci! J'arrive mercredi, mercredi. *OVER!*

— *ROGER! ROGER!* mercredi, mercredi! On vous attend. *OVER!*

— *ROGER!* OK, Hydro barrage Cabonga, *OVER and OUT.*

— Mercredi, mercredi, compris, *ROGER!* H. B. C. lac Cabonga, *OVER and OUT.*

Quand je converse à la radio, c'est spécial. Je perds toute notion du temps. Quand je dépose le micro, j'ai l'impression d'avoir parlé pendant des heures et des heures tant nous nous sommes dit de choses. J'ai la tête pleine et les oreilles me bourdonnent comme si je plongeais au fond de l'eau. Pourtant, je sais que ça n'a duré que quelques secondes. Tout de suite quelqu'un d'autre qui attendait son tour, quelque part en Abitibi, s'empare prestement des ondes.

Je suis tellement content. Nous sommes lundi et monsieur Saint-Amour viendra mercredi. C'est tout ce que je retiens : mercredi!

Monsieur Saint-Amour me connaît depuis que je suis tout petit. Tout le monde ici l'appelle Jos. Moi, je ne pourrais pas l'appeler autrement que monsieur Saint-Amour. C'est ma mère qui l'a nommé ainsi quand il est venu à la maison pour la première fois, et ça m'est resté. Mais je sais que son vrai prénom n'est pas Jos non plus, mais Joseph.

Je prends sur le bureau le petit paquet qui lui est adressé et je lis:

Monsieur Joseph Saint-Amour
Barrage Cabonga
Via le poste de la H. B. C. du parc
de La Vérendrye
Aux soins de Shigobi, gérant
Province de Québec, Canada

En haut, dans le coin gauche, on a écrit finement à l'encre bleue:

De Mme Marie Saint-Amour
200, rang des Petites-Terres
Messines
Province de Québec, Canada

2

LA CABANE À *MALLE*

Shigobi et moi avons beaucoup de plaisir à aller chercher la *malle* à la Grand-Route qui relie Maniwaki à Val-d'Or.

L'hiver, nous attelons les dix chiens de Sam au traîneau, La Louve en avant. Il est le maître du traîneau à l'aller et, moi, je le suis au retour. Ma chienne est encore jeune, mais elle fait déjà une bonne guide de tête. Toute blanche, elle file comme la poudrerie sur la grande étendue nue du lac. Les autres bêtes sont heureuses de la suivre à la queue leu leu. C'est qu'elles ont confiance en elle. N'est pas chienne de tête qui veut! Il faut être téméraire, avoir du prestige et surtout savoir se faire respecter des vieux mâles.

Les chiens de Sam sont des bêtes racées, fortes, rapides. Sam en prend grand soin. Ses chiens sont précieux pour lui. Il faut vraiment être un maître de traîneau pour se faire écouter d'eux.

Shigobi est un *musher* sévère. Il ne s'en laisse pas imposer par les mâles qui grognent, retroussent les babines, montrent leurs longs crocs blancs comme la neige, pointus comme des clous.

Mon père me donne des leçons de conduite :

— D'abord, Ojipik, étudie minutieusement le parcours, les yeux constamment fixés sur la piste et les chiens. Prévois tes manœuvres longtemps d'avance. Répète les commandements d'une voix ferme, car l'attelage n'obéit pas toujours au doigt et à l'œil ! Ta voix doit s'imposer, claquer comme un fouet dans le vent, juste au-dessus des têtes. N'aie pas peur de punir au besoin un chien récalcitrant. Mais sois juste avec lui. Un chien, c'est comme un être humain. Il a son amour-propre, alors il ne faut jamais l'humilier. Une seule bête peut semer le désordre dans toute la meute et t'occasionner beaucoup de problèmes. Un homme qui respecte son équipage ne surcharge jamais son traîneau ! Il est important aussi de connaître ses chiens à fond. Les aimer, les encourager, bien les nourrir et bien les soigner. Ce sont des compagnons de voyage et de vie. Un bon trappeur n'hésite pas à pousser, traîner, tirer avec ses chiens quand il le faut. Un maître de traîneau et son attelage doivent d'abord se respecter mutuellement et faire équipe.

L'été, nous traversons le lac en canot. Mon père à la proue, moi à la pince. Nous avironnons en cadence. C'est lui qui barre, assis à l'arrière. Nous flottons comme un canard. Droite comme une flèche, notre embarcation fend l'eau. Quand Shigobi enfonce son large aviron dans l'eau noire, il nous propulse en avant et je sens le devant de notre canot, léger comme de la soie de bouleau, se soulever sous moi. J'ai alors l'agréable sensation que nous sommes forts, que nous avons des ailes puissantes et que nous pourrions nous transformer en outarde et nous envoler à tout instant.

Nous aimons aller à la *malle* au lever du soleil ou à la brunante. Ce sont les plus beaux moments du jour. Le matin, le lac respire profondément. Le vent encore chargé des odeurs de la nuit est capricieux. L'eau frise en petites vagues dentelées sur toute sa surface. Le soir, entre chien et loup, nous pagayons dans la brise tiède, portés par les grands silences qui préparent les mystères de la nuit.

La Grand-Route contourne la Baie aux Outardes. Elle passe à dix milles du poste. C'est plus facile pour nous de l'atteindre en canot, en longeant les rives du lac, que par la route de terre sinueuse qui nous y relie.

Cette petite route forestière n'a pas été faite pour nous. Elle sert à la Police montée, aux agents du gouvernement, au missionnaire, aux chasseurs, aux bûcherons et aux arpenteurs. Tous sont équipés de gros véhicules.

Le chemin a été vite tracé à travers la forêt, à grands coups de pelle d'un énorme bulldozer qui a déraciné puis couché les bouleaux. Du même coup, les béliers mécaniques d'une puissance inouïe ont déchiqueté les racines, éventré la terre jaune.

Cette petite route cahoteuse et pleine de ventres de bœuf[1] ferme à l'automne dès la première grosse bordée de neige. Nous ne sommes pas équipés pour l'entretenir. Au printemps, ce n'est pas mieux. Elle est plus souvent qu'autrement impraticable. Elle est régulièrement inondée à plusieurs endroits à cause de la fonte de la neige sur le flanc des montagnes et des nombreux barrages de castors qui changent le cours des ruisseaux qui la jalonnent. Le gouvernement ne construit pas de ponts, car ça coûterait trop cher.

Le chauffeur d'autobus, Fred Chalifoux, sait ce qu'il faut faire. Il a une entente avec mon père. C'est un Métis et ils sont amis

1. Ventres de bœuf: ornières.

depuis le pensionnat. La mère de Fred est une Crie du grand lac Mistassini et son père est un Canadien français de Maniwaki. Moi, j'ai un père anishnabé et une mère blanche. C'est rare qu'une Canadienne marie un Indien. Habituellement, c'est le contraire, comme dans le cas de Fred. Ses parents à lui vivent ensemble depuis longtemps.

Le chauffeur gare son autobus une petite minute en bordure de la Grand-Route. Sans même arrêter le moteur, il empoigne le petit sac de toile à portée de sa main à côté de son banc, ouvre la porte, dévale les quatre marches, saute à terre à toute vitesse, dépose la *malle* dans une petite cabane en bois construite exprès pour ça et reprend sa route vers Val-d'Or.

Nous appelons ce lieu la « cabane à *malle* ». Nous récupérons le sac dans les jours qui suivent. On ne sait jamais d'avance quel jour passera l'autobus. Il y en a généralement un par semaine. Le sac n'est jamais très lourd. Nous recevons des lettres plates du gouvernement. Elles ne contiennent jamais plus d'une feuille. Dans ces cas-là, chaque chef de famille en a une à son nom. Mon père reçoit des enveloppes brunes du siège social. Ce sont des listes de prix à payer pour les fourrures au printemps ou la publicité de produits et d'articles à vendre au poste. Cet hiver, on a reçu des annonces pour une sorte de traîneaux à moteur appelés *ski-dogs*[1]. Au début, ça nous a fait rire. Puis, mon père a dit que ce n'était pas la première fois qu'il en entendait parler et que l'idée de monsieur Armand Bombardier devrait plutôt nous faire réfléchir.

Ce qu'il y a de plus lourd dans le sac, tous les automnes, ce sont les gros catalogues illustrés des magasins Sears et Ogilvy de Montréal ou d'Ottawa. Nous feuilletons ces catalogues, nous regardons les images, puis nous les conservons précieusement pour nos *bécosses* où chaque page nous est très utile.

Parfois, nous faisons un voyage blanc. Il n'y a rien dans la «cabane à *malle*». C'est parce que personne ne nous a écrit ou parce que l'autobus n'est pas encore passé. Nous avons quand même la satisfaction d'avoir fait une belle sortie. Pour rien au monde nous ne laisserions passer une levée de *malle*. Mais à partir du mois de novembre et durant tout l'hiver, pour mon plus grand plaisir, il y a, à chaque levée, une ou deux lettres et un paquet au nom de monsieur Joseph Saint-Amour.

1. *Ski-dog* : ancêtre de la motoneige.

Monsieur Saint-Amour m'a expliqué un soir que Joseph était un prénom biblique. C'est-à-dire que c'est un prénom de saint et qu'il est dans la Bible. Le Joseph en question était, dans l'histoire sainte, l'époux de Marie, nulle autre que la Sainte Vierge: «Oui, monsieur, la mère de Jésus!»

Rendu là dans son histoire, monsieur Saint-Amour a certainement remarqué un nuage gris passer furtivement dans mes yeux. Alors, il a élevé la voix, froncé les sourcils et il a insisté:

— Oui, oui, Jésus, le Christ en personne. Crois-moi! C'est la vérité toute crachée. Le père de notre Kitshi Manitou à nous, quand il était bébé, couché dans la crèche en compagnie du bœuf et de l'âne, c'est Joseph, l'époux de la Vierge!

Et là, sans s'en rendre compte, il a laissé glisser une petite phrase que je n'ai jamais oubliée. Il m'a secoué en disant tout bonnement:

— Ce dont nous pouvons être certain dans la vie, c'est que tout enfant, quel qu'il soit, a une maman quelque part…

Saint Joseph avait un beau métier. Il était menuisier. Il faisait des meubles.

— Tiens, dit monsieur Saint-Amour, comme ton grand-oncle Poné Matchewan qui fabrique des raquettes en babiche d'orignal et des canots en écorce de bouleau et en bois de cèdre.

Un jour, monsieur Saint-Amour m'a apporté une image de saint Joseph en train de scier du bois. Il avait un bandeau jaune noué autour de la tête. Il m'a dit en la montrant du doigt:

— La scie que tu vois là s'appelle une saint-joseph. Elle a pris le nom du menuisier.

Il avait reçu cette image de sa femme par la *malle*! Probablement qu'un jour il lui avait raconté notre histoire dans une de ses lettres.

Je me suis dit en moi-même que j'avais raison de penser qu'un nom peut en dire long sur la personne qui le porte et même sur les autres membres de sa famille. Ma mère s'appelle Rose. Il n'y a pas de roses qui poussent dans notre forêt…

Monsieur Saint-Amour a le don de me raconter des histoires surprenantes. Je ne les comprends pas toujours sur le coup. Je dois y réfléchir un bout de temps.

Sam, qui connaît les Blancs mieux que moi, m'explique:

— Les Blancs parlent beaucoup. Nous ne comprenons pas tout le temps ce qu'ils racontent. Dans ce temps-là, tu fais mine de rien, tu laisses passer le temps en te disant que tu comprendras peut-être plus tard. Tu réponds alors « oui, oui » pour ne pas les blesser, par politesse. C'est plus simple de dire oui au lieu de non, ou de demander des éclaircissements qui n'en finiraient plus.

3

MONSIEUR SAINT-AMOUR

L'hiver, monsieur Saint-Amour est le *watchman* du barrage d'Hydro-Québec situé à plus de cent milles de la communauté, en pleine forêt, à la décharge du lac Cabonga. L'été, il est fermier. Il cultive sa terre avec sa femme, Marie, et sa jeune fille, Sylvie. Ils ont des poules, trois cochons, quatre vaches, un cheval, des canards, des lapins, un jardin, deux grands champs: l'un de maïs, l'autre de patates. Le *watchman* arrive chez nous un peu avant que les glaces ne prennent pour de bon sur le lac. Il repart pour Messines, son village, juste avant la débâcle.

C'est Sam qui prend soin de ses chiens quand il n'est pas là. Au cours de l'été, ce n'est pas compliqué, les bêtes sont laissées en liberté. Elles vont où elles veulent avec tous les autres chiens de traîneau.

Quand monsieur Saint-Amour arrive, c'est comme une bouffée d'air frais pour nous. Il nous apporte le vent du sud avant le *kiwatin*[1]. Il habite avec nous à la maison le

1. *Kiwatin*: mot algonquin qui signifie «vent du nord».

temps de préparer son hivernage. Il a bien des choses à nous raconter sur ce qui se passe en ville et un peu partout dans le monde. Mon père l'écoute attentivement. Il est curieux. Il pose des questions et veut tout savoir. À l'automne, monsieur Saint-Amour est comme une outarde du printemps. Il est gras et ventru, car il s'est bien nourri tout l'été à sa ferme. Mais il perdra sa graisse durant l'hiver à courir derrière son traîneau.

Dès son arrivée, Sam et moi l'aidons à reconstituer son attelage. Il prend treize huskies parmi les plus fougueux. Il connaît bien les animaux et il sait les sélectionner. Il fait un heureux mélange d'anciens qu'il connaît et de nouveaux qui apportent du sang neuf. Il aime les chiens qui ont un mélange de poils noirs et blancs. Il dit que ce sont les plus sauvages, les plus attachants et les plus beaux.

Monsieur Saint-Amour a appris que les mâles sont forts, fidèles, mais lents à la course, tandis que les femelles sont rapides, capricieuses, intelligentes. Il choisit dix mâles et trois femelles. Il les attache à l'orée de la pinède, derrière la cabane de Sam. Tous les jours, il nourrit les chiens de poisson qu'il distribue lui-même de niche en niche. Après leur repas qui ne dure que quelques secondes, il les caresse à grands coups de mitaine sur la tête, leur frotte le dos, le ventre, les pousse par terre, joue avec eux. Les bêtes se jettent sur lui en aboyant, mordent ses mitaines et ses *mukluks*[1].

Les chiens aiment qu'on les rudoie. Mais il faut savoir quand commencer, à quel moment s'arrêter et surtout comment faire. Le *watchman* parle calmement à chacun des chiens, s'impose comme leur maître sans jamais les provoquer. Au bout d'une dizaine de jours, la meute est fringante. Elle ne tient plus en place. Les chiens hurlent leur envie de partir sur la piste dès que le *musher* se montre le bout du nez.

Un bon matin, dans le vent cinglant: «Bonjour, la visite!» Monsieur Saint-Amour nous salue. Le grand moment est arrivé. Le *musher* et son attelage dévalent la falaise en coup de vent. Rien ne peut plus les arrêter. Les chiens aboient de plaisir, ils filent enfin sur la glace du lac, grisés par la liberté, emballés par les grands espaces qui s'étalent devant

---

1. *Mukluks*: mot algonquin qui désigne des chaussures d'hiver en peau d'orignal.

eux. C'est toujours comme ça au départ. Les chiens décollent en trombe, comme s'ils avaient le feu au bout de la queue! Les premières minutes de la course sont les plus exaltantes et les plus périlleuses.

«HUSH! HUSH!» crie le *musher* qui s'assure de bien maîtriser la situation. Il court derrière le traîneau, les deux grosses mains agrippées fermement aux manchons.

«HUSH! HUSH!» Il crie pour manifester clairement sa présence et son autorité. Une fois sur la glace, il saute sur les «lisses», droit debout, pour se reposer un peu et ralentir tant bien que mal la course folle. Le *musher* peut alors respirer profondément.

Du haut de la falaise, je vois la ribambelle de chiens de monsieur Saint-Amour fondre dans le vent, puis disparaître dans le blizzard qui tourmente l'horizon blanc.

Monsieur Saint-Amour a fait des calculs. Selon lui, un chien en santé peut aisément transporter sur son dos l'équivalent de son poids, soit environ soixante livres. Sur un bon traîneau aux «lisses» polies, il peut tirer une charge de cent livres pendant plusieurs heures sans s'épuiser. Avec ses treize chiens, monsieur Saint-Amour pourrait traîner plus d'une demi-tonne de marchandises. C'est ce que font les prospecteurs, les arpenteurs, même qu'ils en mettent encore plus sur le dos des chiens. Mais ce n'est pas ce qui intéresse monsieur Saint-Amour. L'homme aime voyager léger, transportant le strict nécessaire à sa survie et à sa subsistance. Ce qui le passionne, c'est la rapidité. Il adore la vitesse !

Sur la glace de l'immense réservoir Cabonga, le *watchman* s'est tracé, juste en amont du barrage, une piste en boucle de cinq milles. Tous les matins, beau temps mauvais temps, il lance ses chiens à toute allure et se chronomètre sur sa montre-bracelet. Son tracé suit de près la rive du lac, coupe à travers la longue pointe de sapins et d'épinettes, contourne l'île du Goéland et revient au point de départ. Au bout de quelques semaines d'entraînement, l'équipage fait quatre fois le trajet en une heure. Ça fait vingt milles à l'heure !

Tous les quinze jours ou à peu près, monsieur Saint-Amour entreprend un aller-retour de sa petite cabane de *watchman*, isolée dans l'immense forêt, jusqu'au poste de la H. B. C. Une course de deux cents milles en deux jours! Pas moins de vingt-quatre heures de traîneau sur la glace et dans le bois:

«HUSH! HUSH! Allez! Allez! Courez, mes chiens!»

On n'a pas le temps de s'ennuyer sur la piste. Il faut être aux aguets, flairer le vent, surveiller les nuages, prévoir les tempêtes, déjouer la poudrerie. On a du plaisir à crier aux chiens. On fait une équipe unie, solide, au point d'oublier les engelures aux pieds et aux mains, les muscles endoloris.

Courir et courir sans cesse, sans penser à autre chose, c'est devenir vent, poudrerie et chien de traîneau nous aussi:

«HUSH! HUSH! HUSH!»

Pousser le traîneau dans les montées, braver le vent du nord qui pique, le froid qui mord, les bourrasques qui aveuglent, les tempêtes qui inquiètent, la faim qui tenaille, tout cela pour recevoir des grosses mains de mon père deux petites enveloppes blanches, rectangulaires, plates, adressées à monsieur Joseph Saint-Amour! Et en retour, en même temps, il lui confie les deux siennes comme si c'étaient des trésors.

L'échange se fait toujours le soir de son arrivée, à la maison, juste avant le souper. Sam se joint à nous. Nous dégageons la table du mur pour asseoir confortablement quatre personnes. Comme Sam et moi sommes les plus petits, nous nous plaçons sur le banc qui longe le mur.

Pour la circonstance, j'ai allumé trois lampes à huile. La grosse lampe Aladin trône au centre de la table. Elle répand un grand cercle de lumière bleue sur la nappe. C'était la lampe de ma mère. Elle l'aimait, car elle éclairait pratiquement les moindres recoins de notre petite cuisine. Au coucher, elle l'apportait d'abord dans ma chambre pour me faire réciter mes prières, ensuite dans la sienne où elle la laissait allumée une grande partie de la nuit sur sa table de chevet.

Je pose une plus petite lampe sur le buffet et je juche la troisième sur la plus haute tablette de l'encoignure près de l'évier. On se croirait dans l'église de Messines, à la grand-messe du dimanche, tant il y a de scintillements lumineux.

Nous pourrions nous attendre à ce que monsieur Saint-Amour, impatient, se jette sur ses lettres comme un loup affamé sur un lièvre, et qu'il les dévore. Nous le comprendrions de le faire. Mais non. Il avance doucement sa main poilue, pince les enveloppes que lui tend mon père entre son pouce et son index, sourit d'aise et les range dans la grande poche de son *mackinaw*, du côté gauche. Les petites enveloppes blanches disparaissent sous les carreaux de la poche qu'il referme avec un gros bouton noir et qu'il tapote de la main pour s'assurer qu'elles sont bien en sécurité. Il les porte sur son cœur. En retour, mon père range précieusement les deux enveloppes qu'il a reçues de son ami Jos sur la tablette du bahut. Elles sont légères comme du duvet dans ses mains. Nous irons les poster le plus rapidement possible, pour que Marie, son amoureuse, ne tarde pas à les lire.

Nous savons que ce sont des lettres d'amour qu'il reçoit ainsi toutes les deux semaines. Dans notre esprit, ce sont des lettres précieuses. L'amoureux ne les a pas lues encore, mais nous voyons qu'il s'en délecte, qu'elles le réjouissent d'avance. Son bonheur se voit au fond de ses profonds yeux bleus. Ils brillent d'étranges poussières d'étoile, éclatent comme des cristaux de glace dans un banc de neige fraîche au clair de lune. Ses lettres d'amour le portent à marcher vers le ciel, avec la lune et les étoiles. Cet amour me fait plaisir. Je le trouve beau. Étrangement, il me fait du bien. En regardant monsieur

Saint-Amour, je me dis que si j'aime un jour, c'est comme lui que je veux aimer et être aimé.

Nous sommes drôlement bien dans notre minuscule cuisine. Ce soir, elle brille de tous ses feux. Les éclats de lumière glissent comme des étoiles filantes sur les poignées en vieux chrome du fourneau et du réchaud, éclaboussent les carreaux de la fenêtre qui suintent à grosses gouttes. Notre cuisine est pleine d'aurores boréales qui roulent au plafond, dansent sur les murs et le tonneau à eau. C'est encore mieux que la fête de Noël. Le poêle est bourré jusqu'aux oreilles de bouleau sec. Il gronde à s'en arracher le cœur. Son court tuyau noir est rouge comme la bouteille de ketchup Heinz! Le «canard» siffle, le bec débordant de vapeur et d'eau bouillante.

Comme d'habitude, monsieur Saint-Amour n'a pas tardé «à prendre le crachoir» avec sa voix forte. Il raconte ses histoires en gesticulant, les bras en l'air comme un panache d'orignal. Il semble reprendre le temps perdu à cause des longs moments de silence

et de méditation qu'il vit seul dans sa cabane.
Sam lui demande :

— Jos, que fais-tu toute la journée ?

— Je m'occupe de mes chiens l'avant-midi. Je fais la ronde de surveillance du barrage vers 11 heures. J'écris mes lettres en après-midi, jusqu'à la brunante. Le soir, je les relis à la lumière de mon fanal.

— Tous les jours ?

— Tous les jours. Mais il y a des grands bouts de temps où je ne fais rien. Je pense que c'est important ces moments dans la vie où on ne fait rien, à condition que ce soit bien fait !

Il éclate de rire en ajoutant :

— J'ai appris ça de vous, les Indiens !

Monsieur Saint-Amour est court, massif, ses muscles sont gonflés, durs et noueux comme des branches de frêne noir. Il a des lèvres épaisses et ses sourcils en broussaille, gris et comme teintés de vert, ressemblent à des touffes de mousse de caribou[1] qui auraient poussé au-dessus de ses yeux. Marie, sa femme, affirme qu'en septembre son mari a l'air d'un taureau qui a passé l'été à brouter de la luzerne dans un pré.

---

1. Mousse de caribou : lichen dont se nourrit le caribou.

Il a l'âge de Sam et de Shigobi, mais il est chauve, comme si son crâne avait subi une coupe à blanc, et il porte une grosse barbe grisonnante. Il raconte que quand il se regarde dans le miroir, il est certain qu'il n'a pas d'ancêtres indiens, ni de la fesse gauche ni de la fesse droite, mais que ça ne l'empêche pas d'aimer le bois, la nature et notre façon de vivre.

— Je suis un Canayen français pure laine. Ma mère m'a allaité au sirop d'érable, lance-t-il en se tapant sur les cuisses. Vous êtes chanceux, les Indiens, de ne pas avoir de barbe. C'est tout un aria pour nous, les Blancs ! J'ai calculé que si je me rasais tous les jours, ça me prendrait dix minutes. Dix minutes, ça a l'air de rien comme ça, mais à la fin de la semaine ça fait plus d'une heure, quatre heures par mois, cinquante-deux par année. À quatre-vingts ans, si je me rends là, et il lève les yeux au ciel, j'aurai consacré une année entière de ma vie à me faire la barbe, une barbe qui s'entête à repousser tout le temps. Non, monsieur, moi, Jos Saint-Amour, j'ai mieux à faire de ma vie !

Plié en deux, Sam rit aux larmes. Mon père est à l'affût près du poêle, les joues rougies par l'intense chaleur qu'il dégage. Il écoute attentivement monsieur Saint-Amour, amusé par ce qu'il raconte, et il attend le moment propice pour servir le repas que nous avons préparé la veille. Il aime cuisiner et moi, je suis son *cookie*.

Je le vois faire. Le regard en coin, il enroule un torchon à vaisselle autour de chacune de ses mains. Il empoigne les oreilles du lourd chaudron en fer qui trône au milieu de la cuisinière et attend le bon moment, comme un renard à la chasse à la perdrix. Tout d'un coup, il lance d'une voix grave un puissant : « Attention, mes amis ! » qui impose le silence. Hop ! Il soulève le chaudron brûlant au bout de ses bras tendus, pivote sur ses talons et dépose la masse noire sur un sous-plat en bois au milieu de la table. Le chaudron trône sous le nez des convives qui sont déjà attablés. Dans un même mouvement spectaculaire, Shigobi enlève le couvercle du plat et le transfert sur le *boiler*.

— Tabarouette !

— Ho !

— Wow !

Le lourd chaudron noir, rempli à ras bord, fume comme une locomotive à vapeur qui entre en gare. La chaleur et les odeurs nous brouillent la vue, nous chatouillent les narines, nous picotent les joues. Surpris, nous reculons la tête pour reprendre nos esprits.

Monsieur Saint-Amour roule ses manches de chemise au-dessus de ses coudes. On dirait un bûcheron qui se prépare à cracher dans ses mains avant de passer à l'attaque.

Notre *cook* est heureux de son effet de surprise. Il plonge la longue *micouenne*[1] en fer-blanc dans le chaudron d'une main, et de l'autre, il tend à la ronde un panier débordant de gros morceaux de bannique qui se bousculent comme les glaces d'une banquise en débâcle :

— À toi l'honneur, Jos !

Notre invité ferme les yeux, joint les mains comme un saint en prière, penche sa tête luisante au-dessus du chaudron, hume. Ses narines frémissent :

— Tabarouette, mon ami Shigobi, t'as pas fait ta fameuse sauce à spaghetti ? Une sauce aux tomates et à la viande hachée d'orignal. Je comprends que je vais me servir en tabarouette ! Attendez que je raconte ça à ma Marie et à Sylvie. Elles qui me plaignent de vivre comme un sauvage. Shigobi, je te le jure, il n'y a pas un restaurant à Montréal, Ottawa, New York ou Paris qui pourrait servir un mets aussi appétissant que celui-là !

---

1. *Micouenne* : mot amérindien qui désigne une louche.

Il tourne la *micouenne* dans la sauce rouge, onctueuse, et ajoute en se léchant les lèvres :

— Regardez-moi ça !

Entre-temps, mon père apporte les pâtes qu'il a préparées dans un autre chaudron. Des spaghettis fumants, ronds, gros comme des crayons à mine.

— Laisse-nous-en un peu, blague Sam qui regarde avec envie monsieur Saint-Amour se servir une montagne de spaghettis.

— T'en fais pas, mon Sam, rétorque Jos sans quitter le chaudron des yeux, il y en a pour une « gang de camp[1] » ! Shigobi ne fait jamais rien à moitié.

Moi, je n'ai pas encore mangé et je me régale déjà. Ce que je ressens, ce que je vois, ce que j'entends, la présence de mon père, de monsieur Saint-Amour, de Sam, de La Louve couchée sous la « bavette » du poêle, mon cœur qui bat, les chatoiements de lumière, tout cela a un goût, une saveur dont je me délecte.

1. Gang de camp : désigne une équipe de bûcherons dans un chantier.

4

LA *WAITRESS* DU *CARUSO*

Non seulement j'aime le spaghetti italien, mais en plus je connais son histoire. Koukou-mis dit que tout dans la vie a une histoire et que quand on la connaît, cette histoire, on ne voit plus les choses de la même façon. Quand je mange mon spaghetti, je mange aussi son histoire et il a bien meilleur goût! C'est ma mère qui l'a souvent racontée. Pas à moi directement, mais aux gens qui venaient à la maison. C'est en écoutant attentivement les autres que l'on apprend les histoires qui font ensuite partie de nos vies.

Les Blancs qui nous visitaient finissaient toujours par poser à ma mère la question qui les démangeait. Ils attendaient patiemment le bon moment, quand Shigobi n'était pas là. Jamais ils n'auraient osé poser une telle question en sa présence. Une fois seuls avec elle, ils baissaient la voix pour favoriser la confidence, l'intimité, rapprochaient leur chaise comme s'ils demandaient à ma mère de leur livrer un secret personnel:

— Voulez-vous bien nous dire, Rose, comment une Blanche pure laine de la ville en est arrivée à venir vivre ici, au fin fond des bois, avec un Indien?

Ma mère n'aimait pas mieux que de se lancer corps et âme dans son récit de vie. Elle savait qu'elle allait impressionner son auditoire. Moi, je pense que pour cela, je tiens beaucoup d'elle. Moi aussi, j'aime raconter des histoires, surtout celles que j'ai vécues, qui font partie de ma vie. Parfois, je parle de moi et j'ai l'impression que c'est ma mère qui est dans mes mots et mes gestes, et sur mes lèvres. Nous racontons avec la même passion.

C'est ainsi qu'elle commençait.

«Ben, pour rien vous cacher, ça a commencé comme ça. J'étais *waitress* dans un restaurant de Montréal qui venait tout juste d'ouvrir ses portes au coin des rues Sainte-Catherine et Saint-Hubert. Il n'y a pas plus centre-ville que ça. Un sacré bon *spot* dans l'est de la métropole! Y avait du monde dans ce quartier-là. Un jour, en fin de soirée, j'ai vu venir sur le trottoir un beau grand gars. Il a descendu lentement Saint-Hubert, a tourné à sa droite et s'est arrêté un instant devant la grande vitrine qui donne sur la Catherine. Il a regardé autour, hésité un peu, puis est entré dans le restaurant. Il était costaud, avait le teint foncé, les cheveux noirs comme le poêle. Je me suis dit : « Tiens ! un Espagnol… ou un Chilien… » Il en arrivait de plus en plus à Montréal dans ce temps-là.

« Je connais les hommes. Celui-là avait l'air sûr de lui, un peu hautain, mais dans le fond c'était un timide comme toutes les armoires à glace que j'ai côtoyées. Le géant s'est avancé d'un pas ferme et s'est glissé sur une petite banquette rouge, étroite, au fond de ma section. Vu l'heure tardive, c'était certainement mon dernier client de la journée, d'autant plus qu'il mouillassait dehors et qu'un vent froid s'était levé. Montréal est une ville désagréable au possible quand il vente ! Les grandes rues sont alors désertes. Les gens préfèrent rester à la maison. Je suis allée voir mon client tout de suite pour ne pas le faire attendre. Je lui ai dit poliment :

— Bonsoir, monsieur.

— Bonsoir, mademoiselle.

« Il cassait le français d'une voix grave. C'était pas un Canadien français, c'était pas un Anglais. Pour moi, c'était bien un Latino. Il en avait tout l'air en tout cas. Avec un sourire, je lui ai tendu notre grand menu qui se déplie comme des portes de grange à deux battants. Il a saisi le menu encombrant, l'a tourné et retourné entre ses gros doigts pendant que je lui versais un verre d'eau. Je le surveillais du coin de l'œil. Mon homme n'a même pas ouvert le menu. Il ne s'est pas donné la peine de le lire. Il me l'a remis gentiment de main à main. J'aurais alors gagé sans hésiter ma paye d'une semaine qu'il allait me commander un club sandwich. C'est pas compliqué. Tous ceux qui ne savent pas quoi manger dans un restaurant commandent un club. Je lui ai quand même demandé :

— Qu'est-ce que je vous sers, monsieur ?

« Sans me lâcher des yeux, il m'a répondu, frondeur, un sourire dans les fossettes.

— Ce que vous avez de meilleur, mademoiselle !

Il avait les yeux noirs, narquois, pleins de malice. J'ai fait ni une ni deux, et je lui ai lancé du tac au tac :

— Un spaghetti !

— Un… quoi ?

— Un spaghetti, monsieur ! C'est nouveau, c'est italien, le monde aime ben ça.

— OK, un spaghetti !

« J'ai trouvé que "spaghetti" sonnait bien dans sa bouche.

— Sauce à la viande ?

— Oui… sauce à la viande.

— Du parmesan avec ça ?

— Oui… oui… bien sûr.

— *Picante* ?

— Si vous voulez.

— OK, je vous apporte votre assiette *subito presto* !

« Dix minutes plus tard, je lui ai placé sous le nez une énorme assiette de pâtes fumantes, nappées d'une épaisse sauce aux tomates et champignons épicée avec double portion de boulettes de viande. Sur le menu, ça s'appelait le "Vésuve", mais ça, je ne lui ai pas dit.

— Mmmmmm… ça sent bon !

« Mon homme en avait plein les yeux, plein les narines. Il est resté là, figé, les épaules carrées, le dos à l'équerre[1], ses deux mains larges comme des spatules à omelette à plat sur les cuisses. Moi, pendant ce temps-là, je lui ai râpé à grands coups de moulinette une bordée de fromage sur son "volcan" de spaghetti.

« Mon spaghetti a fait son effet. De temps en temps, je passais tout près de sa table et je lui demandais :

1. Dos à l'équerre : expression populaire qui signifie assis bien droit.

— Tout est à votre goût, monsieur ?

Il me faisait signe que oui de la tête, grognait des MMMM…, la bouche trop pleine pour parler.

— Besoin de rien d'autre ?

« Il arrondissait les yeux, me montrait son verre d'eau vide.

— De l'eau ?

« Il faisait de nouveau signe que oui à grands coups de tête, avalait sa bouchée, claquait de la langue, soufflait fort, les lèvres arrondies comme s'il avait un feu de brousse dans l'estomac. C'est que je lui avais commandé de la cuisine un spaghetti spécial, le "super *picante*". Ça n'empêchait pas mon client de manger comme deux ours affamés. Je prenais garde de ne pas remplir son verre d'eau au complet et je lui versais tous les cubes de glace que je pouvais. Ça me permettait d'aller l'abreuver toutes les trois ou quatre minutes. Il a nettoyé son assiette avec son pain à l'ail jusqu'à ce qu'elle soit propre comme un trente sous flambant neuf. Je me suis approchée lentement pour le desservir.

— Vous avez bien mangé ?

— Oui, comme vous pouvez le voir, je n'ai pas laissé grand-chose dans le fond de mon assiette.

— C'est bon signe.

— Ça s'appelle comment déjà, un sss-ppa...

— Spaghetti... ssspaaghettti italien!

— C'est la première fois que je mange ça, un spaghetti italien.

— C'est pas surprenant. C'est une nouveauté. Nous sommes les seuls à en servir à Montréal. C'est notre spécialité. Moi non plus, je ne connaissais pas ça avant le mois dernier quand j'ai commencé à travailler ici.

— Ça se vend ici seulement?

— Oui, ici, au *Caruso*! Pour l'instant... Des clients me disent qu'ils en préparent maintenant à la maison.

— Ah oui?

— Ça devient à la mode.

— Vous pouvez me dire comment on le prépare?

« Là, il m'a carrément prise au dépourvu. Je m'attendais à tout, excepté à ça. Je ne savais pas si le patron apprécierait que je donne à un parfait inconnu la recette de spaghetti du restaurant. J'y ai pensé deux fois, puis je me suis dit: pourquoi pas? Pis, le grand gars me plaisait de plus en plus. J'ai eu envie de lui parler.

— OK, monsieur! Je vais tout de suite chercher une feuille de papier et un crayon.

— Attendez, ce n'est pas nécessaire.

« Il a allongé son grand bras, saisi le napperon en papier sur la table d'à côté, l'a viré à l'envers, du côté blanc, a sorti un crayon de sa poche de chemise et il m'a fait signe du menton de m'asseoir devant lui.

— Assoyez-vous, mademoiselle.

— OK.

« Je n'avais pas le choix. J'ai pris place sur l'autre banquette étroite en cuirette rouge, en face de lui. Je n'avais pas l'habitude de m'asseoir à la table de mes clients. Mais ce soir-là, je me suis laissé tenter. De toute façon, à l'heure qu'il était, je pouvais me le permettre sans crainte. Le patron, monsieur Giovanni, dormait sur ses deux oreilles depuis longtemps chez lui. Je connaissais la recette par cœur. Il m'a donné le crayon et le napperon. Je lui ai dit :

— Dans le spaghetti italien, ce qui fait la différence, c'est la sauce, rien d'autre !

— OK.

— Pour combien de personnes ?

Il a réfléchi, s'est tâté le menton, a plissé le front.

— Pour douze !

— Pour douze ?

— Ouais !

— Vous avez raison, tant qu'à en faire, aussi bien en faire une grosse *batch*.

— Vous écrivez la recette et vous me la dites à haute voix en même temps.

— OK, *boss*, allons-y! Pour douze personnes, ça prend: trois gros piments verts.

«J'écrivais et lui, il répétait après moi chaque fois comme pour l'apprendre par cœur:

— Six gros oignons espagnols, cinq gousses d'ail, un pied de céleri, dix boîtes de jus de tomate, une tasse d'huile d'olive extra vierge, deux cuillères à table de paprika, deux cuillères à table de poudre de curry, deux cuillères à table de basilic, deux cuillères à table de poudre de Cayenne, une poignée de feuilles de laurier, un bouquet de persil frais ou séché, des piments rouges forts écrasés, au goût. Si tu l'aimes *picante* tu en mets plus que moins. Ça, c'est la première partie. Tu coupes tous tes légumes en petits cubes, tu ajoutes le liquide et les épices, et tu mélanges bien tout ça dans un gros chaudron. Ensuite, c'est la viande.

— OK!

«J'ai continué:

— Cinq livres de viande hachée mi-maigre, quatre ou cinq œufs, deux tasses de pain sec émietté, du sel, du poivre, une pincée de sucre, deux petites boîtes de pâte de tomates. Tu mélanges tout ça avec tes mains, comme si tu boulangeais du pain. Une fois tous les ingrédients bien mélangés, tu roules des petites boulettes de viande et tu les mets dans le chaudron au fur et à mesure qu'elles sont prêtes. Tu laisses mijoter la sauce doucement pendant un bon quatre heures. Elle se lisse, devient onctueuse, ça sent bon la tomate dans toute la maison. Et le tour est joué!

« Il a répliqué, les yeux sombres :

— Ouais, c'est compliqué comme recette. Ce n'est pas comme faire de la bannique ou rôtir une truite. Où est-ce que je peux trouver ça, de l'huile d'olive, des… épices?

— Au marché Jean-Talon. C'est le meilleur endroit. C'est plein d'Italiens dans le coin. Moi, j'habite la rue Drolet. C'est juste à côté.

« Il a posé les deux mains sur la table, s'est préparé à se lever.

— OK, on y va!

— Où?

— Au marché Jean-Talon!

— Ben voyons. À cette heure-ci, tu y penses pas. C'est fermé dur.

— Alors, demain, vous m'amenez au marché.

« Il a pris le napperon sur lequel j'avais écrit la recette de spaghetti de monsieur Giovanni et a regardé attentivement la liste des ingrédients. Il a plié la feuille en six et l'a glissée dans la poche de sa chemise à carreaux.

— On achètera tout ça !

« Et là, je me suis entendue lui dire comme si je le connaissais depuis des années :

— OK, demain, je t'emmène au marché Jean-Talon.

« Je ne connaissais même pas son nom ! Mais j'avais le temps. Je commençais mon "chiffre" à quatre heures le lendemain. J'étais de quatre à minuit cette semaine-là. Nous sommes passés au terminus prendre ses affaires. Il y avait laissé un énorme *pack-sac* kaki dans un *locker*. Son *pack-sac* en toile sentait le sapin vert pis la boucane noire, comme si son appartement ou sa maison avait passé au feu.

La pluie avait cessé, le vent était tombé. Montréal est une belle ville la nuit, après la pluie. Elle était toute pour nous, propre, luisante, calme. Il n'a pas voulu prendre le tramway. Il a lancé son sac sur son épaule gauche :

— Marchons !

— C'est une bonne marche...

— J'ai l'habitude et ça me plaît.

— Moi aussi. J'aime marcher dans les rues de Montréal la nuit, après la pluie.

— Allons-y!

«Nous avons remonté lentement la rue Saint-Denis jusqu'à Jean-Talon, puis viré à gauche. Je lui ai pointé le marché en passant. Il n'y avait pas un chat à cette heure-là. Puis, nous avons pris l'étroite rue Drolet jusqu'au 7531. C'est là que j'habitais. Au troisième.

«Cette nuit-là, j'ai appris que mon beau gars s'appelait Shigobi, que ça voulait dire "sapin" dans sa langue et qu'il était un Anishnabé de l'Abitibi. Je lui ai avoué qu'il y avait quelques heures à peine, je ne savais pas ce que c'était qu'un Anishnabé! Il m'a répondu qu'on était quittes. Il y a quelques heures à peine, lui ne savait pas ce qu'était un spaghetti italien. Nous avons bien ri et ça a été le coup de foudre.

«La *waitress* du *Caruso* était tombée sur la tête! Folle d'un Indien débarqué comme un cheveu sur la soupe dans son restaurant un soir de pluie. Sa formation terminée à la *Hudson Bay*, j'ai suivi mon homme. Je savais que sa vie était en forêt, parmi les siens. Quand il parlait du bois, le ton de sa voix montait. Son cœur battait plus fort dans sa poitrine. Il me disait qu'il n'y avait pas de différence entre lui et une épinette, qu'il me montrerait à parler aux arbres, à faire de la bannique, à descendre les rivières en canot… Lui, ce qu'il aimait par-dessus tout à Montréal, c'était le marché avec ses couleurs, ses odeurs, ses gens, la viande, les fruits. Nous y allions tous les jours. Il était prêt à tout acheter seulement parce que ça l'émerveillait. Quand il achetait des tomates, il en achetait des tonnes parce qu'il les trouvait belles. On en a fait des spaghettis et encore des spaghettis sur la rue Drolet! J'ai pas essayé de le retenir en ville. Je l'ai suivi dans le bois.»

Je trouve que mes parents ont eu une belle histoire d'amour. Mais je pense aussi que les plus belles histoires d'amour sont les plus tristes. C'est peut-être pour ça qu'on dit qu'elles sont belles.

Un jour, dans une conversation avec Koukoumis, mon père a dit qu'il comprenait ma mère:

— Elle ne nous a pas quittés, elle est partie à cause des loups, a-t-il laissé tomber.

Je n'ai pas posé de question. J'ai compris. Il faut avoir entendu hurler les meutes de loups qui rôdent la nuit dans les montagnes qui entourent le lac Cabonga pour comprendre pourquoi ma mère est partie. Le chant des loups est prenant. Il va droit au cœur. Il vire à l'envers les personnes qui sont tristes. Celles qui vivent dans leurs souvenirs, qui sont déchirées par leurs amours.

Pour ma mère, les hurlements des loups étaient devenus une épreuve quotidienne qu'elle ne pouvait plus supporter. Entre chien et loup, elle allumait nerveusement sa lampe Aladin, allongeait la mèche au maximum pour se faire de la lumière et se réfugiait dans sa chambre à coucher. Dès que la montagne chantait, ma mère enfouissait sa tête sous l'oreiller et pleurait. On ne peut rien contre les loups!

Mon père n'a pas oublié ma mère, moi non plus. Il n'en parle pas, c'est tout. Moi non plus, je n'en parle pas.

Shigobi a bien vu que je rêvais, la tête appuyée au mur de la cuisine, ma fourchette vide à la main. Le spaghetti m'avait transporté loin dans mes pensées. Alors, il me lance, enjoué:

— Tiens, mon gars, approche ton assiette. Je te sers le meilleur spaghetti du lac Cabonga.

5

MA PREMIÈRE LETTRE

Le repas terminé, pleins à craquer, les ventres ronds comme des tonneaux de lard salé, nous prenons nos aises. Nous sommes à l'heure de la détente, de la pipée pour monsieur Saint-Amour, d'une autre cigarette pour Sam et du café pour tout le monde. On ne boit jamais de bière quand monsieur Saint-Amour est là. Il est lacordaire[1] et on respecte ça. Il a fait la promesse de ne jamais boire de bière ou d'alcool. Il appelle cela la tempérance.

Le café, c'est encore là une idée de ma mère. Shigobi garde en permanence un gros pot de Maxwell House dans le bas du bahut. Nous n'en servons qu'aux Blancs de passage. La plupart n'apprécient pas le thé noir. En tout cas, ils n'en consomment pas comme les Anishnabés.

1. Lacordaire : mot qui désigne ceux qui ont fait le vœu de combattre tout usage d'alcool par une abstinence totale, au sein de l'association du même nom.

Monsieur Saint-Amour se lève de table le premier en se tenant le ventre à deux mains. Il s'assoit comme un gros *boss* de compagnie dans notre chaise berçante. Il y est chez lui! C'est d'ailleurs lui qui en a fait cadeau à ma mère quand il a appris qu'elle était enceinte. Pour ma mère, il était inconcevable d'allaiter un enfant ailleurs que dans une chaise berçante.

La grosse berçante à bras est maintenant réservée à la visite. Nous en sommes fiers. Nous sommes les seuls Anishnabés au monde à en posséder une.

Elle a beaucoup fait parler d'elle, surtout quand j'étais bébé. Les femmes anishnabées venaient à la maison juste pour la voir. Les plus braves, les jeunes surtout, osaient l'essayer. Elles s'asseyaient prudemment, d'abord du bout des fesses et en tenant fermement les bras de la chaise, puis lentement elles se laissaient glisser le derrière vers le fond, le cœur serré. Et quand tout à coup la chaise basculait, elles se mettaient à lancer des cris aigus comme quand un canot chavire. Elles sautaient alors prestement sur leurs deux pieds et se sauvaient en riant, se tenant la tête à deux mains. Les vieilles femmes se contentaient de donner une tape sur le haut du dos pour voir la chaise se bercer dans le vide. Ça les amusait. Mais jamais elles n'auraient osé s'y asseoir.

Monsieur Saint-Amour allonge ses jambes rondes comme des troncs de bouleau, croise aux chevilles ses pieds larges, chaussés de bas de laine rouge vif comme une feuille d'érable à l'automne. Il se dégourdit vivement les orteils, tire sa pipe courte, sa blague de tabac Rose Quesnel, charge à bloc et, subitement, d'un coup de rein, il se lève, la figure sévère, la pipe entre les dents. La chaise bascule follement.

— Ah, tabarouette! J'oubliais encore une fois. J'ai de quoi pour toi, mon escogriffe!

Il fouille dans son *pack-sac* suspendu à un clou près de la porte.

— Voyons donc… Est-ce que j'aurais perdu ça, par hasard? Non! Le voilà. Ouf! T'en as de la chance. Si je l'avais perdu, Marie ne me l'aurait jamais pardonné. Tiens, Ojipik, ce paquet c'est pour toi. Un cadeau des Saint-Amour.

Satisfait, il reprend sa chaise, craque une allumette au bout de son ongle. Elle explose dans un nuage de soufre. Il tire fort, pousse une colonne de fumée bleue haut dans les airs.

— *Miguetsh*, monsieur Saint-Amour.

C'est comme un jeu. Il me fait le coup chaque fois. Ça nous amuse tous. Il sait que nous, les Anishnabés, nous aimons à rire, à surprendre, à taquiner. Nous nous moquons souvent les uns des autres, mais sans jamais blesser, sans jamais humilier. Il faut savoir s'y prendre et monsieur Saint-Amour est très habile en ce domaine. Il nous connaît bien. Depuis le temps qu'il nous fréquente.

Je suis content du cadeau, mais pas pressé de le déballer. J'aimerais le faire quand je serai tout seul. À chaque *malle* que l'autobus amène au *watchman*, j'ai ma surprise. Marie m'envoie un *comics book*[1], de la gomme à mâcher, un cahier à colorier. Souvent un calepin et un crayon. Elle est maîtresse d'école au village et accorde beaucoup d'importance à l'instruction. Je la soupçonne même de vouloir me convaincre d'aller à l'école au village.

Cette fois-ci, c'est une petite boîte rectangulaire qu'elle m'a envoyée. Tout le monde attend que je l'ouvre. Je n'ai pas le choix. Je déchire le papier lentement, avec beaucoup de précautions, du bout des doigts. J'ouvre la boîte de carton, soulève un carré de papier

1. *Comics book* : bande dessinée.

ciré. C'est une boîte remplie de morceaux de sucre à la crème, bruns et lisses comme le ventre d'un canot en écorce de bouleau. Le sucre sent bon. Ça me fait penser au foin d'odeur qui pousse dans les marais du lac et le long de la rivière. Le sucre à la crème de Marie sent l'été. Et là, je reste consterné. Je suis le seul à voir ce qu'il y a à plat sur les carrés de sucre.

« Wow ! » me dis-je pour moi-même. Je vois une enveloppe blanche, exactement comme celles que reçoit monsieur Saint-Amour. Elle est adressée à Ojipik. C'est moi ! Et dans le coin gauche, en bleu, d'une écriture ciselée comme une feuille de pimbina : « De Sylvie ».

D'habitude, je crie ma joie. Mais là, rien. Je suis sans voix. Mon cœur saute de travers comme si j'avais un lièvre dans la poitrine qui se sauvait à toute épouvante. Je me sens des joues de braise. L'imposant silence qui s'installe dans la cuisine dérange tout le monde.

Mon père a tout compris. Il lance :

— Encore un peu de café, les gars ?

Il fait la tournée avec la vieille cafetière. Cette minute de diversion me permet de reprendre mon souffle. Machinalement, je pince l'enveloppe entre le pouce et l'index, je l'introduis dans la poche gauche de ma chemise en flannelette bleue, je ferme le rabat, la tapote sur mon cœur et, avec un large sourire, j'annonce en tendant la boîte :

— Qui veut se sucrer le bec ? C'est le meilleur en ville !

Je me sens tout à coup grandi. Quelqu'un m'écrit à moi, Ojipik. Je suis depuis quelques instants transformé en une autre personne. J'ai une lettre ! La première de ma vie. Et elle n'est pas de n'importe qui. Elle est de Sylvie. Cette jeune fille à qui je pense depuis l'été dernier, mais dont je n'ose pas rêver. Elle devient une personne réelle, en chair et en os. Ce n'est plus un rêve. Elle m'écrit ! Je suis fier, la tête dans les nuages, le cœur au paradis des grands chasseurs. C'est comme si j'existais plus qu'avant. Je ne sais pas ce qui est dit sur la petite feuille de papier carrée insérée dans l'enveloppe, pliée en deux ou en trois. Je suis cependant certain que ce sera agréable. Je m'en réjouis déjà.

On m'a laissé le plus gros morceau de sucre au fond de la boîte. Je le prends du bout du pouce et de l'index, je le porte à ma bouche comme s'il était sacré. J'enfonce mes palettes dedans comme un castor plante ses dents dans le tronc tendre d'un jeune tremble. Le sucre à la crème s'écrase entre mon palais et ma langue, éclate, fond, me remplit la bouche d'un liquide onctueux qui coule en douceur dans ma gorge.

6

SYLVIE

À trois, nous débarrassons rapidement la table tandis que le chef cuisinier se transforme en plongeur. Chacun ses tâches. Mon père lave, les deux autres essuient et moi, je range. Shigobi aime laver la vaisselle dans une eau savonneuse et bouillante. Les assiettes et les ustensiles sont tellement chauds qu'ils me brûlent les doigts.

Nous sommes bien synchronisés. En un rien de temps, il ne reste plus aucun vestige du souper. La nappe cirée a été lavée à l'eau savonneuse et luit de propreté. Sam nous salue et rentre chez lui. Monsieur Saint-Amour étend son gros *sleeping bag* sur le divan défoncé du salon. Je suis le dernier, avec La Louve, à quitter la cuisine. Je souffle en premier la lampe Aladin, puis une des deux petites. Je garde celle de l'encoignure, je réduis sa mèche et je l'apporte dans ma chambre. Je la pose sur le siège de ma chaise. C'est le seul meuble que j'ai.

Nous nous mettons tous au lit, chacun avec ses souvenirs et ses pensées. La Louve disparaît sous le lit. Je sais que Shigobi et monsieur Saint-Amour dorment profondément. À eux deux, ils ronflent comme des tronçonneuses! Si j'attendais que le jour se lève pour lire la lettre de Sylvie, je ne dormirais pas de la nuit. Je suis inquiet. Est-ce que j'arriverai à la lire, à tout comprendre?

J'ai appris un peu à lire avec mon père. Depuis que j'ai huit ans, une maîtresse vient dans la communauté pour nous enseigner, deux ou trois mois pendant l'été. Toutes ont dit à mon père que j'apprenais vite et que je devrais aller à l'école en ville.

J'aimerais lire, j'aimerais écrire, mais je déteste l'école. Je connais mon livre de lecture par cœur. Je pourrais le réciter les yeux fermés. Je me dis qu'il y a certainement une façon plus intelligente de s'instruire que d'être assis sur un banc d'école tous les jours à se morfondre. Je sais un tas de choses sur la forêt, les animaux, la chasse, la pêche, la trappe. Je les ai toutes apprises en observant et en questionnant Koukoumis, Shigobi, Poné Matchewan, Sam…

Mon grand-père Wawaté parlait six langues, chantait, dansait, frappait le tambour, racontait des histoires, connaissait tous les animaux, toutes les plantes… mais il ne savait pas lire. J'ai appris beaucoup avec lui, en le regardant, en l'imitant, en l'écoutant, des choses que je n'apprendrais jamais à l'école, j'en suis certain!

Au poste de traite, je m'exerce tous les jours. C'est devenu un jeu et mon père s'amuse autant que moi. C'est comme si nous apprenions en même temps. Je lis à haute voix ce qui est écrit sur les poches de farine Robin Hood, les sacs de sel Windsor, les chaudières de pommes séchées Rougemont, les barriques de lard salé Canada Packer, le tabac à pipe Rose Quesnel, les pièges Victor, les carabines Winchester. Dès qu'un nouveau produit arrive, je m'empresse de déchiffrer tout ce qu'il y a d'écrit sur son emballage, dans toutes les langues. Si je me trompe, mon professeur me corrige. Nous rions beaucoup de mes erreurs.

Une lettre, c'est différent. Elle est écrite par une personne et elle m'est destinée. Et elle vient de Sylvie Saint-Amour. Elle a quatorze ans comme moi, mais on lui en donnerait dix-sept. Moi, du haut de mes six pieds, avec mes épaules carrées, mes grands pieds et mon gros nez, on me donne parfois vingt ans.

Shigobi suivait un *training*[1] de trois semaines à Ottawa. Il m'a emmené avec lui pour que «je connaisse autre chose que le bois et les Sauvages», disait-il en riant. La famille Saint-Amour au grand complet était venue m'accueillir à l'autobus. L'arrêt de dix minutes à Messines se fait au cœur du village, à l'épicerie Albert Cécire. Shigobi était descendu le temps de saluer tout le monde, puis il avait continué sa route vers Ottawa.

Monsieur Cécire, le propriétaire, est épicier et barbier. Il coupe les cheveux et vend des bonbons à la cenne dans des petits sacs dentelés en papier brun. Je n'avais jamais vu autant de bonbons de toutes les couleurs de ma vie. Il les conserve dans de gros bocaux à cornichons en vitre. Au poste, nous n'avons que de la gomme *balloune* Bazooka.

En me voyant avec monsieur Saint-Amour, qu'il connaissait bien, il s'était écrié d'une voix de canard:

— Hé! Jos, y as-tu vu la crinière à ton «chawin[2]»? Tu me l'amèneras, je vais lui

1. *Training*: mot anglais qui signifie «formation».
2. Chawin: expression populaire pour désigner une personne mal habillée.

tondre la boîte à poux avec plaisir et pour rien!

Marie l'a pris au sérieux. Le lendemain matin, j'étais assis sur sa grosse chaise pivotante, habillé d'une espèce de soutane blanche serrée au cou. Clic! clic! clic! Les ciseaux pointus du barbier tournaient autour de ma tête comme des mouches à chevreuil.

— Je te coupe ça en brosse, m'avait dit monsieur Cécire, c'est une coupe moderne.

Mes cheveux roulaient en grosses touffes sur mon estomac et tombaient dans un cercle noir sur le plancher. Je ne voyais que les yeux enjoués de Marie et Sylvie, assises sagement sur de petites chaises le long du mur. Moi, j'avais un gros mal de cœur. Monsieur Cécire me faisait pivoter à droite, puis à gauche, et il sentait la lotion à plein nez. Quand je me suis tout à coup vu dans le miroir, j'ai eu peur. Avec mes grandes oreilles toutes nues et mon gros nez, j'avais l'air d'une souris géante qui serait venue au monde avec une brosse à plancher sur la tête. Marie et Sylvie me trouvaient de leur goût. Moi, je me suis dit: «Heureusement que ça repousse.» Et j'ai craint les taquineries de mon père: «Il va rire de moi, c'est certain.»

C'est chez Cécire que la famille Saint-Amour était venue m'accueillir et c'est au même endroit que je l'ai quittée trois semaines plus tard. J'étais content de reprendre l'autobus pour le lac, mais déchiré de laisser Sylvie, sa mère, son père. Ce voyage est pour moi un événement inoubliable, beau et émouvant. Je suis tombé amoureux de Sylvie dès le premier jour et je crois qu'elle m'a tout de suite aimé elle aussi.

Je voudrais ne pas penser à elle, chasser cette fille de mon esprit. Je ne veux même pas prononcer son nom. Je repousse vite toutes les images d'elle qui hantent mes pensées en me répétant que c'est un amour impossible. J'ai sous les yeux l'exemple de mon père et de ma mère. Je suis bien placé pour savoir que ça n'a pas marché. Comme ma mère, c'est une Blanche, fille de cultivateur. Et moi, je suis un Anishnabé, comme mon père, fils de chasseurs et de trappeurs nomades. J'ai ça dans le sang, dans mon cœur, dans mon âme.

Un soir à table, alors que Marie nous servait à souper, dans la grande cuisine de leur maison de ferme, elle s'est arrêtée, un grand plat de patates fumantes dans les mains, pour me dire :

— Ojipik, ils sont certainement très beaux, tes sapins, tes épinettes, ton lac Cabonga. Je n'en doute pas, car Joseph nous en parle tous les étés avec beaucoup d'émotion. Mais regarde notre champ de blé d'Inde. Il ondule doucement au vent comme s'il respirait profondément. C'est aussi le souffle de la terre. On dirait un grand lac de miel. C'est pas beau, ça aussi ?

De là où j'étais assis, au bout de la grande table de la cuisine, j'avais une vue imprenable sur les champs. Le soleil se préparait à se coucher au loin. Ses rayons dorés dansaient dans les doux cheveux roux des épis et des tiges. La lumière de la fin du jour est celle que je trouve la plus douce, la plus belle.

Je lui ai fait signe que oui. Je n'ai rien trouvé d'autre à lui répondre. Je pense souvent à ce qu'elle m'a dit ce soir-là. Quand je reverrai madame Saint-Amour, je lui avouerai qu'elle a raison. Que je pense que les champs aiment ceux qui les cultivent bien, avec respect et amour. Je lui dirai aussi que les sapins, les épinettes, les bouleaux et les sureaux, tous les arbres, toutes les plantes, l'eau, l'air, le soleil, la nature tout entière apprécie la compagnie des humains et leur tend les bras.

L'enveloppe que je tourne et retourne entre mes doigts n'est pas cachetée. À la place du timbre dans le coin droit, Sylvie a dessiné d'un trait une figure ronde avec deux yeux en amandes, un gros nez et un sourire fendu jusqu'aux oreilles. Son bonhomme me regarde droit dans les yeux. Il n'a qu'un long poil raide sur la tête. Elle l'a fait pour me taquiner, et elle a réussi. Son bonhomme me fait sourire et me donne beaucoup de bonheur.

Sylvie aime dessiner, surtout des animaux de la ferme. Elle m'a souvent dit qu'elle aimerait dessiner des bêtes sauvages. Ce qui la passionne le plus ce sont les oiseaux, et elle en fait de très beaux. À les voir sur le papier, on a l'impression qu'ils sont vivants, toujours prêts à s'envoler à tire d'ailes.

Sylvie est contente de son nom. Moi, je le trouve très beau. Quand on le prononce doucement, on entend souffler le vent dans les branches d'un pin. Elle m'a expliqué que le mot « sylvestre » désigne tout ce qui vient de la nature. Nous avons même fouillé dans un dictionnaire. J'ai été impressionné par ce livre. Il dit que Sylvie est un « préfixe, élément du latin signifiant forêt ». Je n'ai pas très bien compris la définition, mais ça m'a fait plaisir de l'entendre.

Ojipik n'est certainement pas dans ce gros livre. Je lui ai répliqué à mon tour que nos noms se ressemblaient quand même. «Ojipik» est le mot anishnabé pour tronc d'arbre, la souche qui prend racine, qui soutient la tête. Nous sommes de la forêt tous les deux. Je me suis dit pour moi-même, en silence, que son nom chantait dans tout mon être.

J'ouvre l'enveloppe. J'en sors une petite feuille bleu pâle pliée en deux. Je la pose à plat sur le siège en bois, dans le halo de lumière.

Mes yeux s'habituent au papier, à l'éclairage, à l'écriture fine. Les lettres sont bien découpées, fermes, claires, enchaînées l'une à l'autre comme de petites vagues du matin.

Mon cher Ojipik,

Bonjour. J'espère que tu vas bien. Je voulais t'écrire depuis longtemps. Le temps passe si vite. Mais il n'est jamais trop tard pour bien faire ! Je garde un très beau souvenir des trois semaines que tu as passées avec nous l'été dernier. Je pense souvent à nos promenades dans les champs et le sous-bois, et à tout ce que tu m'as dit sur ta vie en forêt.

Tu es le bienvenu si tu veux revenir l'été qui s'en vient. Tu pourrais passer l'été avec nous à

la ferme si le cœur t'en dit. J'en ai parlé avec
maman et elle a écrit à papa à ce sujet. Tous les
deux sont d'accord. Même que papa nous dit que
tu pourrais l'aider à faire le train et les foins. Moi,
ça me ferait grandement plaisir de te revoir et de
reprendre nos promenades.

Qu'en penses-tu ?

Sylvie

Au bas de la feuille bleue, elle a dessiné,
en quelques traits de crayon, des oies sauvages dans un marais. Il y a de gros oiseaux
dans l'eau parmi les joncs et d'autres qui
prennent leur envol les ailes déployées, le
cou tiré. Je les entends crier leur plaisir de
partir vers le nord. Elle sait que j'ai beaucoup
d'admiration pour ces oiseaux courageux et
forts. Ils sont pour nous, les Anishnabés, des
exemples à suivre.

Je lis et relis la lettre jusqu'à la connaître
par cœur. Je ne vois que des mots d'amour et
de tendresse. Enfin, j'éteins la dernière lampe,
me déshabille rapidement à la noirceur et me
glisse sous les couvertures froides.

« Qu'en penses-tu ? » me demande-t-elle
à la fin! Elle m'écrit une lettre, me pose une
question. Je dois lui répondre. J'ai deux
semaines pour le faire. J'écris d'abord la lettre
dans mon cœur, comme si je me racontais

une histoire. Je lui dis dans ma langue, en anishnabé, la langue qui m'inspire les plus beaux mots d'amour :

Ma chère Sylvie,

J'ai lu et relu ta belle lettre avec plaisir. Je la connais par cœur. Moi aussi, je garde dans mon cœur un très beau souvenir de ma visite chez toi. C'est comme si nous avions toi et moi descendu une grande rivière au fil de l'eau dans un canot en écorce de bouleau.

Ce voyage est un moment inoubliable dans ma vie grâce à toi et à la chaleur de tes parents. Tu as de la chance d'avoir un père comme monsieur Saint-Amour et une mère comme Marie. Je suis content de les connaître et de faire partie de la famille.

Ton invitation me réjouit. J'ai vraiment envie d'aller passer quelques semaines chez vous et de reprendre avec toi nos promenades dans les champs. Je suis revenu ici avec le sentiment d'avoir appris beaucoup de choses à la ferme en peu de temps. Je te confie qu'à l'automne, si tout va bien, j'aimerais monter dans le bois avec mon grand-oncle Poné Matchswan et passer l'hiver sur sa ligne de trappe.

Peu importe où je serai, je penserai toujours à toi.

Ojipik

Mais je suis mal pris. Je ne connais pas assez l'écriture des Blancs pour lui écrire une lettre comme celle que je porte dans mon cœur. Si je lui écrivais dans ma langue, elle ne me comprendrait certainement pas! Alors, je lui dessine, au crayon à mine, un gros arbre bien enraciné, un pin, celui qui vit au milieu de la pinède et dont je lui ai si souvent parlé. Elle sait que j'aime ce vieil arbre. Et j'écris son nom, Sylvie, et mon nom, Ojipik, dans ses branches. Elle comprendra.

7

LE PETIT CAILLOU

Je viens à peine de fermer les yeux qu'il est temps déjà de les ouvrir. J'ai passé tout droit ce matin. J'entends monsieur Saint-Amour rouler son gros *sleep*.

Shigobi brasse les braises dans le poêle avec le tisonnier. Cela veut dire qu'il a allumé la lampe, tranché la bannique, réchauffé le café de la veille. Je me précipite dans la cuisine en queue de *combines*, précédé d'un poil par La Louve.

Nous ne parlons presque pas le matin. C'est vrai pour monsieur Saint-Amour, mais pour tous les autres invités aussi. Les départs se font toujours très tôt, en silence et en vitesse. Comme si tout à coup le temps pressait.

La cuisine prend l'allure d'une église. Si on se parle, c'est à voix feutrée, à mots courts, par grognements ou petits signes furtifs.

La maison est assiégée par un froid infernal. Les fenêtres sont couvertes d'une épaisse couche de frimas et le chambranle de la porte est pris dans le givre sur tout son pourtour.

Pour ouvrir la porte, il faudra lui donner des coups de pied à la base, puis la pousser fortement pour la fermer.

Monsieur Saint-Amour avale son café sucré à grands traits, la tasse dans une main, un gros morceau de bannique dans l'autre. Il fait claquer sa langue de satisfaction, pose sa tasse, puis s'habille minutieusement en enfilant vêtement par-dessus vêtement : sur ses Penmans, il passe des *britches* épais en laine brune, une chemise en flanelle, un chandail à col roulé et son anorak en *duffle* blanc. Il se couvre les pieds de deux paires de bas de grosse laine du pays et chausse ses lourds *mukluks* en peau d'orignal doublés de fourrure de castor, s'enfonce la tête dans un capuchon bordé de poils de renard roux, s'enroule une longue crémone[1] rouge autour du cou. Il termine en enfilant des mitaines en peau d'orignal qui lui vont pratiquement jusqu'aux coudes.

Puff! puff! puff! il se tape dans les mains, danse sur place pour ajuster tous les vêtements sur son corps. C'est le signal. Il est prêt à partir.

L'hiver, il ne faut rien laisser au hasard. Le froid est cruel et n'a de pitié pour personne.

1. Crémone : long foulard en laine qui cache la bouche et le nez.

Il est dur et incisif comme une lame de couteau. Plusieurs Blancs et même des Anishnabés ont payé cher pour ne pas avoir été assez vigilants. Certains ont par le froid perdu une main, les deux jambes, un œil et même la vie, car le froid ne pardonne pas, il tue.

La première heure de piste se fait à découvert sur le lac, à un train d'enfer, exposé aux grands vents qui s'acharnent sur les chiens et le *musher*. Le vent est malin. C'est lui qu'il faut connaître, craindre et respecter. Il trouve sans peine le moindre interstice et s'y infiltre sournoisement, brûlant à vif le plus petit morceau de peau laissé à découvert. Il n'y a aucune possibilité d'arrêter le traîneau une fois qu'il est sur sa lancée, à moins de le renverser sur le côté. Mais personne n'oserait le faire. La meute a le diable au corps et il faut la suivre coûte que coûte, les deux mains sur les manchons, les deux pieds sur le bout des «lisses».

«HUSH! HUSH!»

Les chiens fringants, heureux de prendre la piste, donnent un coup d'épaule dans les harnais de tout leur poids, les jarrets arqués, le cou tiré, la langue sortie, la queue roulée. Ils savent qu'ils rentrent à la maison et rien ne saurait les arrêter.

Monsieur Saint-Amour retire sa mitaine droite. Il donne une vigoureuse poignée de main à Shigobi en le regardant dans les yeux, du fond de son capuchon bordé de longs poils :

— *Miguetsh*, Shigobi !

— *Miguetsh*, Jos. À bientôt !

Il vient vers moi en marchant lourdement, engoncé dans ses vêtements.

— Salut, mon grand. On se parle sans faute lundi !

Je lui fais signe que oui.

— Si j'avais un fils, j'aimerais qu'il soit comme toi !

Il remet sa mitaine, me tape durement sur l'épaule, tourne les talons et disparaît dans le nuage de brume qui entre dans la maison dès qu'on ouvre la porte. Vite, il la claque et je pousse en même temps dessus à deux mains pour bien la fermer. J'ai les deux pieds frigorifiés.

La Louve a voulu se glisser derrière pour sortir précipitamment. J'avais prévu sa manœuvre. Je lui ai barré la route du pied et fermé au nez. Dehors, en liberté, la chienne mettrait avec plaisir la pagaille dans la meute.

J'entends monsieur Saint-Amour s'éloigner sur la galerie. Les planches gelées craquent sous son poids, puis ses pas crissent sur la neige rude. La meute, sachant très bien ce qui se prépare, hurle sa joie.

Je prends mes vêtements suspendus derrière le poêle. Ils sont chauds et me font du bien. Le courant d'air hivernal erre encore sur le plancher. J'aime enfiler mes bas de laine assis comme Sam sur le bout du banc. C'est par les pieds que le bien-être nous vient.

« HUSH! HUSH! »

Tout en m'habillant lentement, je vois dans ma tête l'attelage de monsieur Saint-Amour décoller en trombe, enfiler le sentier tapé dans la neige, disparaître dans la falaise abrupte, réapparaître sur la glace du lac Cabonga. Monsieur Saint-Amour se confond avec le vent et la neige, emporté avec ses treize huskies sur les ailes de la poudrerie toute blanche.

Shigobi est assis à la table, songeur. Il boit son thé à petites gorgées. Je fais des *toasts*. Je me concentre sur les tranches de bannique qui grillent.

— Tu aimes bien monsieur Saint-Amour, me dit mon père comme s'il prolongeait à haute voix ses pensées intérieures.

Je constate qu'il n'a pas dit Jos…

— Oui…

— Marie et Sylvie aussi?

— Oui…

Il me pose toutes ces questions sur le ton de la confidence. Je pense qu'il fait référence à la lettre que j'ai reçue, aux carrés de sucre à la crème. J'ai fait mine de rien quand monsieur Saint-Amour a dit qu'il aimerait bien avoir un fils comme moi, mais ça m'a fait plaisir et ça m'a fait réfléchir en même temps. Shigobi était là. Il n'est pas sans avoir entendu lui aussi.

— Tu te rappelles en janvier dernier? J'ai passé une semaine avec lui dans sa cabane au barrage Cabonga. La semaine où j'ai fait la tournée des familles de trappeurs avec le pilote Paul Fecteau.

— Oui… Oui… Moi, j'ai passé la semaine avec Koukoumis.

Shigobi me raconte comment la semaine s'est déroulée:

— Le pilote Fecteau arrivait au barrage Cabonga tôt le matin dans son Beaver pour me faire monter avec lui. Il faisait trop froid pour laisser l'avion passer la nuit sur le lac. Je l'attendais sur la rive, prêt à partir dès son arrivée. Nous n'avions pas de temps à perdre. Les journées sont courtes en janvier. Il atterrissait à la barre du jour, je grimpais rapidement à bord, le moteur toujours en marche et nous partions directement vers la ligne de trappe que je lui indiquais. Je n'avais qu'à lui donner le nom du trappeur et il savait quelle direction prendre. Il les connaît tous.

J'ai visité toutes les familles une à une. Je leur apportais de la nourriture commandée à l'automne, je leur donnais du même coup des nouvelles des autres trappeurs. Je faisais l'inventaire de leurs fourrures, je les informais sur les prix. Nous préparions ainsi le retour au poste au printemps.

Pendant ce temps-là, Jos faisait comme d'habitude le tour de son barrage en traîneau à chiens. Il vérifiait si tout était correct, enregistrait la température du jour, prenait le niveau et le débit de l'eau, griffonnait des notes sur l'état des lieux.

Il s'empressait de faire son travail de *watchman* pour Hydro le matin, et consacrait son après-midi et sa soirée à lire et à écrire ses lettres, assis à sa petite table, face au lac et au barrage.

En fin de journée, le Beaver atterrissait le plus près possible de son camp. Je sautais en bas et je courais vers la rive, traînant mon *pack-sac* d'une main, plié en deux pour éviter l'hélice qui tournait encore à toute vitesse. Je n'avais pas sitôt mis le pied sur le perron de la cabane de Jos que le Beaver ronronnait au-dessus de la montagne. Je le perdais de vue dans la pénombre. Paul s'envolait pour Val-d'Or. C'est là qu'il entreposait les ballots de fourrure ramassés dans la journée, chargeait la marchandise destinée aux trappeurs et faisait le plein d'essence pour la tournée du lendemain.

Je poussais la grosse porte du *shack*[1] de Jos. J'entrais. Je fermais rapidement. Son camp est tout petit. Une vraie boîte d'allumettes! En un rien de temps, le froid qui me poursuivait l'envahissait.

Assis sur sa chaise, Jos tournait la tête, me regardait avec ses yeux bleus pleins de joie. Il avait toujours l'air surpris de me voir même s'il savait exactement à quelle heure j'arrivais. Il criait en levant les bras:

— Salut, mon vieux Shigobi!

— Salut, Jos!

Je déposais mon sac par terre. Il se frottait les mains:

— Qu'est-ce que tu nous amènes de bon aujourd'hui?

1. *Shack*: mot anglais qui désigne une cabane construite en forêt.

— Deux grosses perdrix grises!

J'accrochais mon anorak au clou.

— Tabarouette, on va se payer une traite!

— Oui, mon vieux. Et ma grand-tante, la femme de Poné que j'ai visitée aujourd'hui, m'a donné des «glissantes[1]» et de la bannique. C'est la meilleure bannique du coin.

— Tabarouette, j'en doute pas une seconde. Installe-toi. Tu connais les airs! Je pense qu'il n'y a rien de plus important dans la vie que de manger et surtout de bien manger. Avec toi, on ne se trompe pas.

Un soir, après un bon souper, Jos m'a dit:

— Tous les après-midi que le bon Dieu amène, j'écris à Marie, et tous les soirs, je relis ses lettres. Je pourrais les réciter l'une à la suite de l'autre. Elles sont tellement belles et pleines d'amour!

Il écrit une lettre par semaine, trois ou quatre pages, jamais plus. Il les écrit d'abord dans son cœur et se les redit jusqu'à en être content. Il en rêve la nuit, il les mijote sur le lac, aux manchons de son traîneau. C'est même dans ses rêves qu'il trouve les plus

1. Glissantes: nourriture faite de pâte à pain qu'on fait cuire dans un bouillon de viande sauvage.

beaux mots, les plus belles phrases, les émotions les plus fortes. Puis, il prend son crayon, du papier et rédige des brouillons. Il écrit et réécrit jusqu'à ce qu'il ait réussi à mettre sur papier ce que son cœur lui dit.

Ça m'a fait réfléchir. Cet homme vit avec les lettres qu'il écrit et celles qu'il reçoit. Moi, j'ai écouté attentivement ce que Jos me disait, sans dire un mot. J'ai trouvé ça beau. Il était comme dans un autre monde. Ses yeux pétillaient. Il m'a fait penser à mon père, Wawaté, quand, après une journée de trappe, il nous racontait ses histoires de chasse, la création du monde, l'origine de la terre, des humains.

Jos m'a raconté qu'un mot c'est comme un petit caillou au fond d'un ruisseau. À force de se faire frotter par l'eau froide et vive, il finit par se polir, s'arrondir, se gorger de soleil, éclater de lumière. Ses mots, il les porte en lui. Ils le bouleversent, restent coincés dans sa gorge, le démangent, lui brûlent les doigts. Je n'ai pas pu m'empêcher de l'interrompe et de lui demander :

— Mais, Jos, tu ne pourrais pas faire la même chose sur ta terre, à Messines ?

Il m'a tout de suite répondu, convaincu :

— Non ! J'ai essayé mais ça ne marche pas. C'est ici, dans cette immensité, que je peux être un petit caillou. Je me fais polir par le vent, la neige, je fais le plein de solitude. La nuit, quand je regarde le ciel étoilé, je trouve ma place dans l'univers. Ça ne paraît pas, Shigobi, j'ai l'air d'un homme sûr de lui, je parle haut, je ris fort, mais il ne faut pas s'y fier. Je suis un homme angoissé. Ici, je trouve la paix.

— Et tu ne t'ennuies pas, tout seul?

— Non, j'ai mon dictionnaire. *Le Grand Larousse*. Il n'y a pas meilleur compagnon.

Il a posé sa main droite sur un gros livre qui prenait beaucoup de place parmi le tas de papiers éparpillés sur sa table. Un grand sourire dans les yeux, il m'a dit:

— C'est lui qui me tient compagnie. Je le lis souvent. J'y trouve tous les mots et toutes les idées dont j'ai besoin pour meubler mon esprit.

Il m'a montré des mots: orignal, castor, ours, bouleau, sapin, soleil, lune…

— Tu t'imagines, Shigobi, tous les mots!

Jos s'est rapproché et m'a confié:

— Ce dictionnaire, Shigobi, c'est ma défunte mère qui me l'a offert quand je suis entré au séminaire. Elle rêvait que je sois ordonné prêtre et que je devienne même un jour le curé de son village ou sinon professeur au séminaire. Ça aurait été pour ma mère un grand honneur. Mais on ne devient pas toujours dans la vie ce que nos parents veulent qu'on devienne! Une fois mon cours terminé au Séminaire de Mont-Laurier, j'ai rencontré Marie, nous nous sommes aimés, puis mariés. Elle avait hérité de la terre de ses parents. Au diable la prêtrise! Je suis devenu fermier à cause de Marie et ensuite *watchman* du barrage Cabonga à cause du petit caillou. Ainsi va la vie!

Jos s'est mis à rire. Ses rires sonores ont rempli toute la cabane qui en tremblait. Je suis certain qu'ils ont résonné sur tout le lac Cabonga et dans la forêt. C'étaient des rires puissants, des rires de géant.

Mon père se tait. Comme si l'histoire qu'il venait de me raconter le faisait plonger profondément en lui-même. Je lui demande, après avoir bien réfléchi:

— Nous, papa, est-ce qu'on a un... *Grand Larousse*... ici?

— Non!

— Et au poste?

— Non! Justement, il faut y aller. C'est l'heure de la radio.

8

UN SILENCE INQUIÉTANT

Il fait froid sur le lac Cabonga. La tempête s'est levée en fin d'après-midi et maintenant, au cœur de la nuit, elle fait rage. Heureusement, nous sommes à l'abri dans notre petite maison qui n'en est pas à sa première épreuve. Enfoui sous mes couvertures de laine, j'entends le vent en colère qui frappe notre maison à grands coups de butoir. Elle craque comme un vieil arbre pris dans la tourmente. Les clous pètent sèchement : TAC !

Il n'y a pas une tempête qui nous empêcherait de nous rendre au poste le matin, toujours à la même heure. La tourmente est si puissante que je marche derrière mon père. Il me sert de brise-vent et je m'accroche à son anorak pour ne pas être emporté. Il passe son bras autour de mes épaules. Nous progressons à l'aveuglette, pliés en deux. On ne voit pas à dix pieds devant nous.

Shigobi profite de ce temps mort pour mettre ses comptes à jour. C'est pour moi une journée bien paisible.

Je mets le radiotéléphone en marche, mais je ne capte rien. Il «griche» à nous arracher les oreilles. J'essaie quand même, sans grand espoir :

— Le poste appelle le barrage Cabonga, le barrage Cabonga, m'entendez-vous ?

J'attends. Rien. Toujours le même «grichement» constant. J'abandonne vite. J'aimerais bien parler à monsieur Saint-Amour. Nous avons du courrier pour lui depuis une bonne semaine.

La tempête ne dérougit pas. Elle dure depuis quatre jours. Elle finit toujours par s'apaiser, mais on ne sait jamais quand elle le fera.

J'étais sous mes couvertures quand elle s'est essoufflée pour de bon. C'est le silence qui m'a réveillé. Il bourdonnait dans mes oreilles. La maison était comme enveloppée dans le duvet. Elle respirait le calme. J'étais content.

Ce matin, je me suis levé le premier. La Louve et moi étions déjà dans la cuisine quand Shigobi est arrivé. Nous avons mangé rapidement. Lui aussi était heureux que ce soit enfin terminé. C'est comme si une nouvelle vie commençait. La tempête a changé le paysage.

Dehors, tout est blanc et léger, comme recouvert de plumes d'oie. Nous marchons dans la neige jusqu'aux genoux. Nous battons notre route jusqu'à la porte du poste. La Louve avance en faisant de grands bonds, comme si elle avait des ressorts dans les jarrets. Le soleil n'est pas encore levé, mais il émerge à l'horizon. Ses premières lueurs matinales tracent une rivière mauve qui coule sur la crête de la montagne. Le temps est clair. Le radiotéléphone va fonctionner. La première chose que nous faisons est de l'allumer. Il y a déjà un arpenteur en ondes. La tempête a certainement sévi sur tout le territoire. Ces hommes isolés en forêt ont été emprisonnés dans leurs tentes, ensevelis sous la neige, n'ayant rien d'autre à faire que de se tourner les pouces. Ce matin, ils se sont empressés de prendre les ondes. Ils en ont long à dire. Ils répètent tous la même histoire, en exagérant de l'un à l'autre sur la quantité de neige tombée, l'intensité du froid, la férocité du vent. Un campement a même perdu trois tentes emportées par des tourbillons de cent milles à l'heure. Trois attelages d'arpenteurs du camp Courchesne manquent à l'appel. Ils ne sont pas rentrés de leur dernière expédition. D'autres traîneaux à chiens partent à leur recherche.

Dès qu'il y a un trou, j'essaie de prendre les ondes. Je lance des messages :

— Le poste appelle le barrage Cabonga ! Le poste appelle le barrage Cabonga ! À vous, Cabonga ! À vous !

Mes appels restent lettre morte. Sam vient aux nouvelles. Tous les deux, les coudes sur la table, les oreilles rivées au poste de radio, nous suivons les conversations et attendons un signal de monsieur Saint-Amour. Shigobi vient de temps en temps voir où nous en sommes. L'inquiétude nous gagne peu à peu. Je suis le premier à le manifester en criant désespérément :

— Je ne comprends pas. C'est clair partout. Il fait soleil. On devrait pouvoir communiquer avec lui, ou lui avec nous. Mais il ne se passe rien. Il s'est peut-être fait prendre dans la tempête en inspectant le barrage.

— On va attendre jusqu'à demain, dit Shigobi. S'il n'a pas donné signe de vie, nous irons voir ce qui se passe.

En après-midi, tout est rentré dans l'ordre sur le territoire. Les trois attelages disparus ont bivouaqué dans des tentes de fortune. Les arpenteurs ont eu froid et faim, mais ils sont revenus sains et saufs.

En soirée, Shigobi, Sam, Koukoumis, Tom, Fred et Mani se réunissent à la maison pour préparer l'expédition du lendemain. Sam partira au cours de l'avant-midi avec un attelage léger et rapide. Ses douze chiens et La Louve comme chien de tête. Il n'apportera que le strict nécessaire : de la nourriture, son *sleeping bag*, une hache, une petite tente, sa carabine. Il a déjà tout ce qu'il faut. Koukoumis fera de la bannique. Elle a du pemmican[1].

Je demande à mon père de me laisser aller. Sam a absolument besoin d'un *helper*, d'un aide. J'ai quatorze ans, je suis grand et fort, La Louve est ma chienne, je peux certainement être utile, il fait beau. Nous aurons peut-être à coucher un soir à la belle étoile, mais c'est la pleine lune et au clair de lune sur le lac, avec les reflets sur la neige, nous voyons pratiquement comme en plein jour.

Sam est d'accord, Koukoumis aussi. Shigobi ne se laisse pas prier longtemps avant d'accepter. Je suis ravi de partir sur la piste du barrage Cabonga. J'essaie de me convaincre qu'il ne peut pas être arrivé grand-chose à monsieur Saint-Amour. La

---

1. Pemmican : mot de l'algonquin qui désigne un aliment de survie fait de viande broyée, de fruits séchés et de graisse.

dernière fois que nous avons été sans nouvelles de lui, c'était quand un écureuil avait
rongé les fils de la batterie qui alimente sa
radio. Nous en avions bien ri, quand il nous
a raconté ce qui s'était passé.

Au milieu de la nuit, La Louve sort
précipitamment de sous le lit. Elle aboie. Il
se passe quelque chose d'étrange dehors
pour qu'elle agisse ainsi. Je cours en *combines*
pour aller voir par la fenêtre de la porte. Je
frotte la vitre avec la paume chaude de ma
main pour l'éclaircir. Dans le halo, je vois ce
qui me semble être un attelage de chiens de
traîneau. La Louve qui m'a suivi continue
d'aboyer de plus belle. Elle gratte la porte,
demande à sortir.

Sam aurait-il décidé de partir de nuit ?
Non, ce n'est pas normal. Il m'en aurait
informé pour que je me prépare. Je crie à
mon père qui est déjà aux aguets :

— Papa ! Papa ! Je pense qu'il y a un
traîneau devant la maison !

J'empoigne mes vêtements derrière le
poêle et je m'habille en vitesse. Nous sortons
tous les trois, La Louve en tête. Je ne me suis

pas trompé. Il y a un traîneau solitaire immobilisé devant la maison. Il n'y a pas de *musher*. L'attelage est bien en vue au milieu d'un large rayon de lune qui balaie la neige toute bleue. Ce sont les chiens de monsieur Saint-Amour. Nous les reconnaissons. Ils sont rassurés en nous voyant et se couchent à plat ventre dans la neige, en silence, le museau entre les pattes. C'est bien son traîneau aussi. Il n'y en a qu'un de ce genre sur tout le territoire. Il l'a fabriqué lui-même dans la boutique à bois de son ami Ernest Noël à Messines. Il a pris tout un été à le construire à sa mesure. Il est léger, solide, bas sur ses «lisses» en métal. Juste assez large pour qu'il puisse s'y asseoir confortablement emmitouflé dans d'énormes peaux de *buffalo* rousses qu'il a fait venir des États-Unis. Les chiens se sont-ils échappés? Les aurait-il perdus? Est-il tombé sur la piste?

— Jos! crie mon père.

Mais il n'y a pas de réponse. Son appel angoissé est amorti par la neige. Le traîneau est chargé, comme lorsque monsieur Saint-Amour part en expédition. Avec grande précaution, Shigobi lève un coin de la grosse couverture de *buffalo* qui forme un long paqueton. Il découvre lentement la tête de monsieur Saint-Amour enfoncée dans son capuchon poilu. La lune luit sur ses joues cuivrées et miroite au fond de ses yeux glacés. Un chapelet de larmes cristallisées brille le long de ses narines.

J'ai le cœur serré. J'ai peur de comprendre. Mon père replace minutieusement le coin de la couverture sur la figure immobile de son ami Jos. Il me serre contre lui dans l'étau de son puissant bras droit.

Monsieur Saint-Amour est là, devant nous, couché dans son traîneau, enveloppé dans ses peaux de *buffalo*, mort gelé. Ses chiens, parce qu'ils connaissent la piste par cœur, l'ont ramené à notre porte.

Oh! Je sais ce qu'est la mort. Je la côtoie. Nous vivons côte à côte. La mort fait partie de ma vie. Nous, les Anishnabés, tuons tous les jours pour vivre. Nous tuons les orignaux, les ours, les castors, les perdrix, les poissons. Nous tuons les arbres verts que nous coupons pour ériger nos tentes et aussi les plantes et les fruits que nous cueillons pour nous soigner ou nous nourrir.

Un jour, en levant les lièvres pris et gelés dans ses collets, Koukoumis m'a expliqué qu'il n'y avait qu'une mort. Une seule! Elle est la même pour tout ce qui existe.

J'avais cinq ans quand mon grand-père Wawaté est mort. Mais même à cet âge, j'avais l'impression d'avoir vécu une éternité avec lui. Il était déjà très vieux. On disait même qu'il avait plus de quatre-vingt-dix ans. Lui, il n'en savait rien. Et ça ne le préoccupait pas le moins du monde. Il a rendu son dernier souffle sacré tout simplement, dans sa tente, allongé sur un lit de rameaux de sapin. Il redonnait au créateur le souffle que celui-ci lui avait prêté à sa naissance.

Nous étions tristes, mais nous n'avons pas pleuré.

Je me souviens d'une chose. Grand-papa nous avait bien dit qu'il ne mourrait pas vraiment. Il allait maintenant vivre dans la tête des grands arbres, avec les esprits de nos ancêtres. Je l'ai cru, et il m'arrive d'aller le voir avec Koukoumis dans la pinède et de lui parler.

Koukoumis dit qu'il est mort heureux, car il a beaucoup vécu. Il a savouré chaque instant de son existence. Mais je suis troublé devant la mort de monsieur Saint-Amour. Je ne sais trop quoi en penser. J'ai mal à tout mon être. J'ai mal pour Sylvie, pour Marie, pour mon père.

Shigobi a vite pris la situation en main. Dès le matin, il a demandé la priorité sur les ondes du radiotéléphone pour communiquer avec les agents de la Police montée. Il a un code d'urgence secret pour faire appel à leurs services. Ils sont rapidement venus chercher le corps de monsieur Saint-Amour entreposé dans notre *shed* à bois, toujours dans son traîneau.

Ce sont les policiers qui se sont rendus à Messines pour informer Marie et Sylvie de ce qui était arrivé. La mort ne s'annonce pas au radiotéléphone!

9

EN VOL VERS MESSINES

Nous avons confirmé que nous irions aux funérailles. Papa a nolisé l'avion de brousse du pilote Paul Fecteau pour un aller-retour dans la même journée. Nous avons décollé à la barre du jour. Shigobi est assis à l'avant avec le pilote. Il est le plus lourd de nous quatre. Koukoumis et moi sommes sur le banc arrière et Sam dans la queue. Un soleil aveuglant se lève droit devant nous.

Plongé dans mes pensées, emmitouflé dans ma profonde tristesse, je regarde, le front appuyé au hublot froid, se dérouler en bas le vaste territoire des Anishnabés. Je vois d'innombrables lacs disséminés à perte de vue. Plusieurs prennent du haut des airs l'aspect d'un animal, la forme d'un fruit sauvage, d'un outil. Je peux ainsi presque tous les nommer par leur nom anishnabé. Le paysage me fait penser à un jeu de casse-tête en bois que ma mère m'avait donné quand j'étais petit. Pour moi, les territoires sont comme la vie. Chacun des lacs, chacune des rivières, tout comme les montagnes aux dos ronds, les rapides et les cascades en ébullition, les forêts d'épinettes sombres et de bouleaux blancs ont leur histoire que je peux raconter.

Nous croisons du haut des airs la nouvelle route de terre qui relie Maniwaki à Val-d'Or. Elle nous sert de repère. Nous la suivons à mille pieds d'altitude. Le paysage se transforme rapidement. Surgissent un à un les villages, les moulins à scie, les grands champs dénudés, la ville de Maniwaki, la rivière Désert.

Le moteur change de régime. Le pilote entreprend la descente. Au bout du nez du Beaver, je vois se pointer le grand lac Blue Sea. Nous allons atterrir en douceur sur la surface enneigée. Une voiture aux couleurs de la Gendarmerie royale du Canada nous attend en retrait du long quai encore engoncé dans la glace du printemps. Sa vue nous rassure. Nous savons maintenant où aller.

J'ai le cœur serré dans la poitrine. Je vais dans quelques instants revoir Marie et Sylvie. Nous arrivons trop tard pour aller à la maison de ferme où monsieur Saint-Amour a été exposé. Nous devons nous rendre directement à la petite église de Messines, pour la cérémonie et l'enterrement. Papa nous a dit qu'ils vont ouvrir le cercueil dans l'église un instant, pour nous permettre de lui rendre un dernier hommage.

Nous sommes attendus. Notre arrivée est spectaculaire. La voiture de police dans laquelle nous voyageons traverse tout le village. Ce n'est pas compliqué. Il n'y a qu'une rue à Messines et elle est droite comme une grande épinette. Les maisons sont alignées en rangées de chaque côté. J'ai appris qu'on ne peut pas se perdre dans le village ou même s'égarer comme dans la ville de Maniwaki, juste à côté. Impossible non plus de manquer l'église en briques rouges. Elle est construite sur la plus haute colline au bout du village et son clocher domine toute la vallée. Monsieur Saint-Amour disait que les religieux, de tous les temps et partout dans le monde, ont toujours su où s'installer. Ils occupent les meilleures terres et les plus beaux sites, ceux qui dominent, inspirent, donnent du pouvoir.

10

UN DERNIER ADIEU

À l'église, il y a déjà une centaine de personnes debout sur les marches du perron de ciment. Le policier en habit rouge s'empresse d'ouvrir la porte à Koukoumis, qui était assise sur la banquette avant. Papa sort à son tour. Marie l'attend, pâle, les yeux tristes. Elle sourit et prend les mains de mon père dans les siennes :

— Merci, Shigobi.

Papa lui présente grand-maman Koukoumis et Sam qu'elle ne connaît pas. Elle les remercie d'être venus. Marie me prend dans ses bras :

— Merci, mon grand Ojipik. Je suis contente de te revoir.

Elle m'embrasse sur la joue. J'ai le cœur dans la gorge. Je n'arrive pas à dire un seul mot tant elle est serrée. Je cherche Sylvie des yeux. Je la vois sur la première marche du perron de l'église, entourée de ses cousins et cousines. Nos regards se croisent. Elle est belle, encore plus belle que je ne la voyais dans mes souvenirs. Elle a vieilli depuis l'été dernier. Elle me semble devenue une jeune femme.

Sylvie me sourit. Un sourire plein de chagrin et de douleurs. Ses yeux sont rouges d'avoir pleuré son père. C'est une fille discrète. Je suis certain qu'elle a pleuré toute la nuit, seule dans sa chambre. J'aurais tant aimé la revoir dans d'autres circonstances.

Sans perdre de temps, nous nous rassemblons comme pour une procession. Marie et mon père sont placés devant. Ils sont suivis de personnes que je ne connais pas, des parents je pense. Koukoumis, Sam, Sylvie et moi fermons la marche. Nous sommes encadrés par des hommes aux visages pâles et à la figure taciturne, vêtus de complets noirs et portant des gants gris. Ils nous guident discrètement.

La foule silencieuse qui s'est massée sur le perron de l'église se fend en deux pour nous laisser passer. J'entrevois la grosse figure tombante du barbier, monsieur Cécire. Il semble me faire un énorme clin d'œil à travers ses lunettes épaisses. Il a un gros œil bleu d'esturgeon!

Après avoir gravi toutes les marches de ciment, nous nous avançons à petits pas dans l'église pleine à craquer, jusqu'au cercueil, disposé de travers, de monsieur Saint-Amour.

Nous déambulons lentement sur un long tapis rouge. La foule, déjà dans les bancs, est debout et nous regarde. Heureusement, Sylvie et moi marchons côte à côte, sinon je me serais senti complètement perdu.

C'est la troisième fois de ma vie que j'entre dans cette église. Les fois précédentes, j'accompagnais les Saint-Amour à la grand-messe du dimanche. Ce matin, je suis profondément ému. L'église en briques rouge feu paraît petite de l'extérieur. Mais une fois qu'on est dedans, elle est immense comme un territoire sans frontière.

J'en ai plein la vue avec les colonnes blanches, les bancs et les balustrades ciselées en bois brun, le chemin de croix, les dorures sur l'autel. J'en ai plein les oreilles avec les voix des chantres et la musique des grandes orgues qui volent au-dessus de nos têtes. J'en ai plein les narines et la gorge avec l'encens aux odeurs douces et étranges. Je me croirais dans la savane à l'automne.

C'est toute la communauté du lac Cabonga qui nous a demandé de la représenter aux funérailles du *watchman*. Tous les Anishnabés le connaissaient et l'estimaient. Nous aussi, nous respectons les morts et leur témoignons toujours notre amitié et notre estime. Quand une personne meurt dans notre communauté, même si elle n'est pas de notre famille, toutes les activités cessent instantanément, par égard pour le défunt.

Au contraire de mon père, qui a depuis longtemps un habit du dimanche, et de Koukoumis, qui porte sa robe des grands événements, Sam et moi n'avions pas de vêtements appropriés pour assister à des funérailles en ville. C'est Shigobi qui nous en a trouvé dans le vieux stock du poste de la Compagnie de la baie d'Hudson. Il sait ce qu'il nous faut pour la ville en de tels moments. Chez nous, le jour des funérailles, on s'habille comme tous les jours.

Koukoumis s'est vêtue de sa longue robe fleurie qui lui tombe sur les chevilles. Un grand châle noir croisé sur sa poitrine lui couvre la tête et les épaules. Elle a coiffé ses cheveux gris et légers en toques plates sur ses oreilles. Elle serre dans ses mains, jointes sous son châle, un sac blanc en toile de tente, décoré sur les pourtours de chevrons en piquants de porc-épic teints en rouge. Elle se tient la tête haute et marche fièrement. Je trouve ma grand-maman belle et digne.

Sam est tout en vert. Il porte un pantalon et une chemise en toile vert forêt, ainsi qu'une veste en grosse laine de la même couleur. La veille, Shigobi lui a doucement suggéré, sans insister pour ne pas l'offusquer, de ne pas se couvrir de son éternel chapeau de feutre. Sam n'a pas compris, ou n'a pas voulu comprendre. Il n'en a fait qu'à sa tête et porte fièrement son vieux chapeau. Il est même plus cabossé et plus enfoncé que jamais sur ses oreilles. Il n'a pas entendu non plus quand son ami lui a fait remarquer qu'il pourrait raccourcir un peu ses cheveux longs et drus comme un crinière de cheval. Ce matin, comme à l'accoutumée, ses cheveux noir corneille lui roulent dans le cou. Sam n'en a fait qu'à sa tête et c'est son droit !

Moi, j'ai un long pantalon en tuyau de poêle retenu à la ceinture par de larges bretelles blanches de shérif, qui se croisent dans le dos. Je flotte dedans, à tel point que j'ai la frousse de le perdre à tout instant. Je marche une main dans la poche pour le retenir. Je porte une chemise de coton gris à longues manches, attachée serrée au cou et aux poignets, sous un veston noir un peu fripé qui me va en bas des fesses. Mis à part le fait que la chemise m'étrangle au cou, je me trouve assez beau et surtout, de circonstance!

Comme le veut la coutume, nous sommes tous les quatre chaussés de beaux *mukluks* neufs en peau d'orignal boucanée, ornés de franges et de broderies de perles de toutes les couleurs.

Le plus âgé des hommes en noir s'empresse d'ouvrir le cercueil pour nous. Il agit l'air absent, sans nous regarder, sans regarder dans le cercueil non plus. Shigobi baisse la tête, la figure crispée par la peine qu'il ressent devant son ami mort. Je reconnais vaguement monsieur Saint-Amour. Il a le visage défait d'une personne qui s'ennuie, qui a hâte de vivre en paix sa vie de mort.

Koukoumis sort le sac de toile qu'elle tenait sous son châle. Elle en tire une paire de mocassins dorés qu'elle dépose dans le cercueil, au côté de monsieur Saint-Amour, à portée de sa main. Elle lui dit dans notre langue:

— Nous, les Anishnabés, comme tous les autres peuples de chasseurs, sommes sur terre pour marcher notre vie. C'est là notre mission. Nous marchons sans cesse de la naissance à la mort. Nous marchons comme le soleil, comme la goutte d'eau dans le courant de la rivière. Nous sommes toujours en mouvement. Le Kitshi Manitou nous a créés ainsi, faits pour marcher, et nous marchons avec plaisir. Jos, les Anishnabés t'offrent ces mocassins en peau d'orignal pour que tu puisses continuer à voyager dignement dans le monde des esprits, car toute ta vie tu as marché avec respect et fierté sur la terre.

Marie m'a un jour expliqué qu'il y a des églises comme celle de Messines un peu partout dans les campagnes et que dans les grandes villes, il y a des cathédrales qui sont, en fait, d'immenses églises. J'étais content de ce qu'elle m'expliquait. Je me suis dit que ma cathédrale à moi, c'était la pinède. Elle constitue pour nous un lieu sacré, une immense église sans murs, son toit est le ciel étoilé, la Voie lactée ; et son plancher, le sol couvert d'un tapis d'aiguilles de pins rouges. Un lieu saint au soleil, sous la pluie ou couvert de neige, selon la couleur du temps et les caprices des saisons.

Tout petit, je visitais souvent la pinède avec Wawaté et Koukoumis. Ils aimaient m'y amener. Ils me montraient les tombes des Anishnabés dispersées sous les grands pins ou entre les racines qui sortaient de terre comme le dos des grosses ouananiches qui fraient sur les bancs sablonneux du lac. Ils connaissaient toutes les sépultures par cœur, même les plus anciennes qui ne laissent plus aucune trace dans le sol.

Mes grands-parents me racontaient la vie de chacun des morts enterrés dans la pinède afin qu'ils continuent de vivre en moi. Ils les nommaient par leurs noms, en faisaient l'éloge, parlaient de leurs exploits à la chasse. Ils me disaient que si j'écoutais attentivement, j'entendrais les esprits de nos ancêtres voler comme des oiseaux dans les branches des arbres. Selon eux, la mémoire est importante, car les esprits oubliés disparaissent à tout jamais.

Alors qu'un après-midi nous allions chercher les vaches au bout du champ pour les ramener à l'étable, j'ai expliqué à Sylvie que grand-maman et grand-papa connaissaient un jeu que j'aimais bien. Il y avait au centre de la pinède un pin énorme, celui que nous nommions Mushum, l'ancêtre de tous les autres pins qui poussent autour.

Wawaté et Koukoumis se plaçaient de chaque côté du vieux pin. Ils collaient leur joue sur son écorce rugueuse et tentaient de joindre leurs mains de chaque côté comme s'ils le prenaient dans leurs bras. Ce vieil arbre était si gros que mes grands-parents n'arrivaient pas à l'embrasser de leurs quatre bras tendus à l'extrême. Ils s'effleuraient à peine du bout des doigts et ça les faisait rire. Le pin aussi riait. Alors, ils demandaient mon aide et je joignais mes bras aux leurs. À trois, nous arrivions ainsi à serrer le pin dans nos bras, contre nos corps.

Je collais ma joue sur l'écorce de l'arbre. Des odeurs de résine pénétraient dans mes narines et ma gorge. L'énergie du pin m'imprégnait. Je sentais monter en moi cette force vive qu'il puisait dans les profondeurs du sol et les hauteurs du ciel. J'entendais battre son cœur. Mon sang se mêlait à la résine. Je me sentais arbre moi aussi. Avec mes ancêtres dans ma mémoire et mon cœur, je m'enracinais profondément. Je me confondais avec les morts.

Ma mère est venue à quelques reprises dans la pinède avec nous. Elle se sentait en sécurité en compagnie de Wawaté et Koukoumis. Elle les aimait bien. Le jeu l'amusait, mais elle ne participait pas, même si j'insistais. Je pense qu'elle n'a pas beaucoup joué quand elle était jeune. En tout cas, elle rougissait quand je lui demandais.

Marie et Sylvie m'avaient écouté attentivement parler de ma cathédrale, intéressées par mes propos. À la fin, Sylvie avait dit qu'elle aimerait bien venir avec moi dans la pinède pour que nous puissions serrer un arbre dans nos bras.

Le moment le plus émouvant se déroule à la sortie de l'église. Nous devons nous rendre au cimetière où les morts sont enterrés en rangées bien ordonnées. Chacun a sa place. En marchant sur le tapis rouge, j'entends une voix que je connais bien entonner un chant prenant, qui nous glace tous jusqu'aux os. Je lève la tête et je vois monsieur Noël, le forgeron, celui qui a la boutique à bois, debout dans le jubé. C'est lui qui chante seul, d'une voix très forte, qui nous va droit au cœur. Il se tient droit, en habit gris charbon, les deux bras le long du corps, la figure triste. Je le connais, car monsieur Saint-Amour m'a déjà amené à sa forge quand il a fait ferrer son gros cheval. Nous y avions passé tout l'avant-midi. Il m'a présenté Ernest comme étant un ami, un forgeron hors pair, un menuisier habile et un chantre inégalable. Les fidèles de Messines sont fiers de lui. Monsieur Noël m'a fait tourner la manivelle de la forge pendant qu'il faisait rougir les fers dans le charbon ardent.

11

RETOUR AU LAC CABONGA

Après les funérailles, il ne nous reste pas beaucoup de temps pour fraterniser. Nous sommes invités à manger, mais il faut absolument retourner à l'avion le plus tôt possible. Papa discute quand même quelques minutes avec Marie et moi, je dis au revoir à Sylvie. Elle me dit :

— Merci, Ojipik, pour ta réponse à ma lettre. Elle est très belle.

Ça m'intimide :

— Tu es bien gentille...

— Je suis contente que vous soyez venus pour papa.

— Nous sommes tous tellement tristes...

Déjà, Shigobi me fait signe qu'il faut partir. Le gendarme en rouge met sa voiture en marche. Koukoumis et Sam montent. Les portières sont ouvertes.

— Ojipik, je vais t'écrire si tu le veux, s'écrie Sylvie.

— Oui ! Oui ! Je vais t'écrire moi aussi.

Je me risque à ajouter en m'éloignant :

— J'ai beaucoup de choses à te dire !

Au passage, Marie m'enlace. Elle me serre contre elle et m'embrasse:

— À bientôt, Ojipik! Tu viens nous voir quand tu veux.

La voiture de la Police montée file à toute allure vers le lac Blue Sea. La grande hélice du Beaver tourne déjà à notre arrivée. Nous reprenons les mêmes places. Je ferme la porte.

C'est le signal que monsieur Fecteau, le pilote, attendait. Il me regarde par-dessus son siège et articule de ses lèvres: «OK?» Je lui réponds sur le même ton: «OK!» Il met les gaz. Le moteur gronde. La carlingue frémit, vibre, tremble de toutes ses pièces. Le pilote lâche les freins, joue des pédales. Nous avançons lourdement, d'abord en cahotant comme une outarde gavée qui prend son vol, puis nous roulons de plus en plus vite. Tout à son affaire, monsieur Fecteau pousse la manette très lentement. Le nez du Beaver s'élève, la carlingue se cabre. Assis sur le bout de son siège, le pilote tire le cou pour voir la piste. Le gros avion glisse. Ouf! Soudainement, nous nous envolons, légers comme un flocon de neige.

Le village de Messines défile à ma droite. Je suis la route principale jusqu'au bout. J'aperçois sans difficulté la croix de fer perchée sur le long clocher pointu. L'église crève le paysage. Elle domine le village. Je ne la vois pas, mais je sais qu'au loin, derrière la ligne sombre des arbres, se trouve la grosse maison de ferme jaune pâle de monsieur Saint-Amour. En fait, c'est la ferme de Marie. Elle en a hérité de son père, Maxime Saumure.

Nous bénéficions d'un fort vent de queue. Le vol de retour se fait rapidement, même s'il est monotone et silencieux. Peu après le départ, Koukoumis sort un thermos de thé chaud, de la bannique fraîche, de minces tranches d'orignal fumé. Elle a tout prévu. Je grignote un peu de pain, mais je n'ai pas vraiment faim. J'ai l'estomac en bouillie.

Le ciel se couvre. Il y a de la grisaille dans l'air, le gros moteur ronronne, les tuyaux de la chaufferette soufflent à nos pieds une chaleur sèche, poussiéreuse, à forte odeur de caoutchouc surchauffé. La gorge me pique. La tête appuyée au hublot, je me laisse couler dans les profondeurs de mon cœur. Je me remémore dans l'ordre tous les événements de la journée : le départ du matin au lever du jour ; le vol au-dessus du territoire ;

l'arrivée à Messines, conduits par la Police montée; Marie et Sylvie en deuil; l'église, monsieur Saint-Amour dans son cercueil; la voix du chantre; le cimetière enneigé; la descente du corps dans le trou noir, luisant, creusé dans le sol à moitié gelé; la poignée de terre froide mêlée de neige, dans la paume nue de la main; la boule dans la gorge; les larmes aux yeux et les sanglots retenus; la tristesse sur le visage épuisé de Sylvie.

Shigobi et moi avons perdu un ami. Les Anishnabés regrettent un frère. Je pense pour la première fois à la peine que mon père ressent en silence. Il n'a rien dit. Il s'est replié sur lui-même. Quand une personne qui nous est chère meurt, on s'imagine que la mort est si puissante qu'elle arrête tout. Mais non. Wawaté disait: «Même la mort n'empêche pas le soleil de suivre son chemin.» Il voulait dire par là que la vie continue.

Koukoumis pose sa main sur ma cuisse. Je reviens à la réalité. Les cadrans poussiéreux du tableau de bord sont tous allumés. Les aiguilles s'affolent. Des points lumineux verts ou rouges clignotent. Elle me sourit dans la pénombre et me fait signe du doigt de regarder devant. J'allonge le cou. La silhouette de la montagne découpe un cercle noir autour d'un grand espace gris. Le lac Cabonga est droit devant nous. J'ai hâte de rentrer à la maison.

Troisième partie

LA FIN D'UNE ÉPOQUE

1

UN PREMIER TRAÎNEAU

Tous les jours, le soleil monte un peu plus haut dans le ciel et prend de la vigueur. Il traîne de plus en plus tard le soir sur la glace du grand lac avant de se coucher derrière la montagne qui prend alors des tons de bleus.

Nous nous levons maintenant à la clarté. Mon père n'a plus besoin d'allumer la lampe à huile dans la cuisine pour nous éclairer. La barre du jour suffit. Je ne suis pas retourné au radiotéléphone depuis la mort de monsieur Saint-Amour. Je n'ai plus personne avec qui parler. Il n'y a plus de courrier non plus.

— Surveille bien le lac, me dit mon père un bon soir au souper. La saison de trappe est terminée sur les territoires d'en haut. Les familles sont déjà en route pour leur campement d'été. C'est certain.

Papa sait fort bien à quel point j'ai hâte de revoir mes cousins et mes cousines, de même que mon grand-oncle Poné Matchewan. Je fais allusion, juste pour voir sa réaction, au fait que j'aimerais bien monter dans le bois avec Poné à l'automne. Je connais bien la vie en forêt et j'en apprendrais beaucoup avec mon grand-oncle et ma grand-tante. Mes cousins sont de bons trappeurs. Un jour, je pourrais moi aussi travailler au poste de traite. Mon père m'a bien entendu, mais il ne réagit pas.

Le lendemain, au milieu de l'après-midi, je me place en sentinelle sur la falaise avec La Louve à mes côtés, immobile, droit comme un piquet, emmitouflé dans mon gros anorak. Je surveille le lac comme un aigle scrute son territoire du haut de son nid. Je veux être le premier à voir arriver les traîneaux qui reviennent des lignes de trappe situées à des centaines de milles sur le grand territoire de l'Abitibi.

Je suis content mais triste en même temps. Le cœur me bat très lentement, à coups de marteau dans la poitrine. J'ai tout mon temps pour penser et me raconter cent fois mes histoires. La Police montée a trouvé une enveloppe cachetée dans la poche intérieure de l'anorak de monsieur Saint-Amour. Elle était adressée à Marie. Nous avons appris qu'un après-midi, monsieur Saint-Amour est rentré de sa tournée de surveillance du barrage avec un violent mal de poitrine. Il paralysait du côté gauche. Il s'est couché tout habillé sans dételer ses chiens en espérant que tout allait se replacer. Le lendemain matin, ça n'allait pas mieux. Il a tenté de nous joindre par radiotéléphone mais sans succès. Il ne pouvait plus parler. Alors, il s'est assis à sa petite table et, péniblement, il a terminé sa dernière lettre adressée à Marie. La police dit qu'il ne se sentait pas bien depuis quelques jours. Il pensait que c'était une simple indigestion. Monsieur Saint-Amour a rampé jusqu'à son traîneau et s'est enroulé dans ses couvertures de *buffalo*. Ses chiens ont compris qu'il fallait partir d'urgence pour le poste, même si la tempête faisait toujours rage sur le lac. Ils connaissaient la piste. Il est mort en cours de route. Son traîneau lui a servi de cercueil. Monsieur Saint-Amour ne reviendra pas ce printemps… et ne partira pas cet automne. Nous avons appris qu'il ne sera pas remplacé. L'inspection du barrage et de son réservoir se fera dorénavant une fois par semaine, en avion à partir de Val-d'Or.

Il y a un petit vent qui rôde sur la glace, frôle et cajole mes joues rougies par le froid. Enjoué, il charrie de fines odeurs de printemps. J'ai l'impression que la terre a commencé à bouger sous mes pieds.

Le vent est tombé avec la fin de la journée. Le silence devient le maître des lieux. L'immense surface plane du lac est argentée comme le toit de tôle de notre *shed*. J'attends, j'observe. Je scrute l'horizon. Je suis sur le point de rentrer à la maison, déçu, quand mon cœur bondit, le sang gicle dans mes veines.

Je distingue à peine un petit point noir au fin fond de la baie au bout du lac. Je fais tomber mon capuchon sur mes épaules d'un coup de tête. Le petit trait noir bouge! Ma patience est enfin récompensée. Je sais que c'est un attelage de chiens. Ça ne peut être rien d'autre. Un traîneau s'en vient, j'en suis maintenant certain. Il a quitté à l'instant le sentier de la montagne pour déboucher sur le lac. Ce sont des trappeurs qui reviennent de leur territoire de chasse.

Le premier attelage brise la glace. Les autres vont suivre au cours des prochains jours:

«Hush! Hush!»

Les voilà enfin! J'attendais avec impatience que les vigoureux «Hush! Hush!» poussés par les maîtres de traîneau retentissent dans l'air du soir. La voix porte loin sur le lac. Les cris et les aboiements aigus me parviennent en écho et se perdent dans le couvert de la forêt.

Deux traîneaux, chacun tiré par un bonne douzaine de chiens huskies noir et blanc, arrivent dans les sillages cuivrés que les derniers rayons de soleil tracent sur la glace vive du lac Cabonga balayé par le vent. Un jeune chasseur ouvre la course, loin devant l'attelage. Il court vaillamment, sans trop se presser. C'est lui qui règle le rythme du défilé.

Le maître de traîneau, un homme dans la force de l'âge, empoigne solidement les manchons des deux mains. Il contrôle le premier attelage et donne des ordres au joyeux équipage. Il pousse, il court, il équilibre le traîneau, il parle à ses chiens. Il les connaît comme s'ils étaient des membres de sa famille. Le *musher* aime crier hautement leur nom à tout vent. Il le fait avec autorité, fermement, avec respect aussi. C'est lui le chef!

Le second traîneau et les chasseurs suivent l'un derrière l'autre, comme des loups dans la montagne. Les femmes et les jeunes filles ferment le cortège. Les mères portent les bébés bien emmitouflés de fourrures de castor, ficelés dans leur *tikinagan*[1] solidement arrimé à leur dos. Elles forment une longue ribambelle qui se découpe sur la glace comme l'ombre des sapins sur la neige.

Je n'entends pas les femmes parler, elles sont trop loin de moi. Mais à les voir agiter leurs bras ballants, je sais qu'elles se lancent des blagues à la volée et qu'elles pouffent de rire à tout instant. Si près du but, elles ont certes la répartie vive, le cœur à la fête et de l'énergie plein les jambes. La grand-maman est juchée sur les bagages attachés au dernier traîneau. Elle est assise à plat entre les manchons, deux enfants entre ses jambes et le petit dernier bien au chaud serré dans ses bras.

Ce n'est pas pour pousser son attelage à courir plus vite que le maître lance de forts «Hush! Hush!». Non. C'est avant tout pour lui une façon d'annoncer son arrivée au village, de parler à ses chiens, d'encourager les coureurs et les coureuses, de garder l'unité de la famille.

---

1. *Tikinagan*: mot algonquin qui désigne le porte-bébé suspendu au dos de la femme.

Tous les traîneaux empruntent la même piste : un long et étroit pont de glace qui part tout au fond de la grande baie et qui serpente à moins de cent pieds du pourtour du lac. Mon père m'a expliqué que c'est par sécurité que la piste longe ainsi le littoral. Ce serait certainement plus court de couper à travers le lac, de le traverser de bord en bord en son milieu. Mais la glace est traître, particulièrement à ce temps-ci de l'année. Elle s'amincit par en dessous, sournoisement, surtout là où il y a des courants. Elle ramollit et s'effrite rapidement au milieu du lac et les trous qui peuvent être mortels sont difficiles à détecter. Les vieux le savent. Depuis on ne sait quand, ce sont eux qui ont déterminé le tracé de ce chemin de glace qui est refait d'année en année.

Nous suivons tous le même pont, battu durant l'hiver par les raquetteurs et les traîneaux de ceux qui vont et viennent. Maintenant, les arpenteurs, les ingénieurs forestiers et la Police montée l'utilisent régulièrement. C'est le trajet qu'empruntait monsieur Saint-Amour et que nous suivons quand nous allons au courrier.

Le tracé décrit une boucle pour éviter la décharge de la rivière du Grand Brûlé, qui est déjà d'eau claire. Le dernier tronçon de la piste passe au pied de mon poste d'observation, puis touche la terre ferme cinq cents pieds plus loin. C'est devant le poste de la Compagnie de la baie d'Hudson que se terminent toutes les courses. Monsieur Saint-Amour disait que le quai du poste était comme le perron de son église à la grand-messe du dimanche.

La Louve est assise le derrière à plat sur la neige croustillante, les pattes de devant bien droites, le poitrail haut. Sa queue bat le sol. Elle s'impatiente. Elle aussi a hâte que tous les attelages soient revenus pour l'été.

Je juge de la distance du traîneau avant son arrivée, de la vitesse de l'équipage qui court, et tout à coup, je décampe en criant: «Go!» D'un même élan, nous détalons, la chienne et moi, comme part un coup de fusil. Nous dévalons la colline, sautons le ruisseau, fonçons tête baissée à travers la pinède, contournons les cabanes en bois rond et les campements en toile. À chaque arrivée, c'est une course folle. Nous bondissons à gauche, à droite, droit devant. Pour nous encourager, je crie à tue-tête : «Go! Go! Go, La Louve! Go! Go! Go!»

Nous arrivons juste à temps sur la place centrale située près de la chapelle entre les hangars du poste et les quais encore pris en étau dans la glace blanche, pour assister à l'arrivée des traîneaux. Astucieuse, La Louve m'a devancé de quelques secondes seulement. Mon père est déjà là, sur le perron du hangar, tout souriant, quand nous débouchons en trombe au milieu de la foule. Je suis à bout de souffle.

Ceux qui ont passé l'hiver au village, surtout des personnes âgées ou handicapées, se rassemblent et forment une petite haie pour accueillir les trappeurs. Le jeune coureur ralentit sa course sur la glace, à proximité du village. La chienne de tête trottine sur ses talons. Les chasseurs et les femmes serrent les rangs pour que tout le monde se présente en même temps. La famille est applaudie à coups de grosses mitaines : «Puff! Puff! Puff!»

«Woh! Woh!» Les chiens s'immobilisent sans se faire prier au milieu de la foule. Ils se couchent à plat ventre, haletants, la langue à terre. La Louve en profite pour se pavaner devant eux, sa drôle de tête à une oreille haute, la queue touffue en roue. Elle est libre et moqueuse.

On se donne la main. On s'embrasse. Les hommes reçoivent des tapes discrètes dans le dos. La grand-mère rend le bébé joufflu à sa jeune maman pour qu'elle le montre à tout le monde. Le bébé nous regarde de ses grands yeux étonnés. Ici et là fusent des éclats de rire provoqués par le plaisir de se revoir. La séparation a duré huit mois. On voit surtout de larges sourires, l'éclat des dents blanches comme la neige, des yeux pétillants, pleins d'étoiles et de satisfaction. Il faut être valeureux pour vivre la vie d'un trappeur anishnabé et chacun le sait.

2

LE RETOUR DES TRAPPEURS

Chaque famille a son lieu de campement ancestral au village. En un rien de temps, le site prend vie de nouveau. La toile est tirée sur les poteaux des tentes déjà en place depuis plusieurs générations. Monté sur ses quatre pattes, le petit poêle de tôle troqué au comptoir de la Compagnie est bourré de bois sec et allumé. Le feu crépite, chante. Une chaleur agréable se répand dans l'habitation. Le thé noir bout dans la vieille théière. La fumée âcre flotte dans le vent, entre les troncs des pins verts, chatouille les narines. Les esprits qui ont habité le campement tout l'hiver sont heureux du retour des trappeurs. Je me réjouis de voir les tuyaux qui boucanent. C'est signe qu'il y a de la vie dans le village.

Les huskies sont dételés et laissés en liberté pour quatre mois. Ils n'auront pas la vie facile. Ils devront la plupart du temps trouver eux-mêmes leur pitance, souvent au prix de dures luttes. Seuls les plus forts, les plus astucieux survivront. Ils ne reprendront la piste qu'à l'automne, à la venue des grands froids et des premières neiges.

Quand tous les traîneaux seront arrivés, je sais que les femmes prépareront un *makousham*. La fête durera plusieurs jours. Il y aura à manger en abondance pour tous : orignal, castor, truite, brochet. Les vieux battront le tambour des nuits entières. Il y aura des chants, des danses, des mariages, des baptêmes, et les hommes raconteront à tour de rôle de fabuleux récits de chasse dont ils sont les héros.

Les équipages se succèdent, et chaque fois, je les regarde courir sur le lac, puis je rejoins papa et grand-maman sur le perron du hangar. La nuit est tombée. Les familles finissent de s'installer. Il est temps pour nous aussi de rentrer à la maison. J'appelle La Louve, mais en vain. Elle est quelque part en forêt avec la meute de chiens errants qui profitent pleinement de leur nouvelle liberté. Il y en a bien une centaine qui erreront ainsi tout l'été dans la région. Je me dis qu'elle a bien le droit de faire la fête elle aussi.

Nous montons le sentier l'un derrière l'autre, perdus dans nos pensées. Nous marchons avec précaution, car il est déjà glacé par la nuit. Mon père ouvre toujours la marche. Koukoumis est au milieu. Je traîne derrière.

Je connais depuis toujours toutes les familles de trappeurs. Dans ma tête, je fais le décompte de celles qui sont là : les Mapachee, les Ojik, les Pien, les Whiteduck et les Rankin sont arrivés les premiers jours. Leurs territoires de chasse sont les plus rapprochés du lac Cabonga. Les prochains jours, ce sera au tour des Mowat, des Shiship, des McConnini. Aujourd'hui, ça a été une grosse journée. Nous avons accueilli les Ratt, les Mathias, les Polson, les Kistabish.

Il était plus que temps! En fin d'après-midi, le soleil se mirait dans les flaques d'eau claire qui baignaient les abords du ruban de glace de la piste. Il suffirait d'un redoux, d'un coup de vent de l'ouest, pour que ce soit la débâcle. Déjà, les ruisseaux gargouillent, gonflés par la fonte des neiges, et l'eau jaillit du flanc de la montagne.

C'est triste et inquiétant pour nous tous de voir les Polson. L'hiver a été dur et cruel pour eux. Ils ont souffert de faim et de froid.

Leur territoire est coupé en deux par la route que le gouvernement a tracée entre Mont-Laurier et Val-d'Or. La Canadian International Paper a construit des camps pour la coupe du bois un peu partout, et tout l'hiver, des centaines de bûcherons ont abattu des arbres dans les vallées. Ils ont empilé des montagnes de «pitounes» sur les lacs pour les draver au printemps dans les rivières. Ils vont flotter le bois sur nos grands cours d'eau. Ceux qui nous servent de route l'été, pour voyager en canot, et dans lesquels nous tendons nos filets de pêche pour prendre les poissons qui nous nourrissent.

Les orignaux ont été les premiers à fuir le territoire des Polson pour aller plus au nord. Les renards, les loutres, les porcs-épics, tous les animaux sauvages ont suivi. Ils n'ont plus de place pour vivre, plus de nourriture, plus d'eau propre. Ils sont apeurés par le bruit incessant des tracteurs qui bouleversent la terre, des camions qui circulent en forêt, des scies mécaniques qui grondent toute la journée, des explosions à la dynamite qui crèvent les tympans.

«Ça sent l'essence et l'huile partout», nous a raconté le chef de famille William Polson dès son arrivée. Il est découragé. Il n'a pas besoin de nous le dire, mais nous savons tous que ses malheurs pourraient rapidement devenir les nôtres et même ceux de toute la nation anisnabée. Nous partageons ses craintes et déplorons ce qui lui arrive. Déjà, nous nous sentons piégés par tous ces touristes qui viennent chasser sur nos territoires à l'automne.

Shigobi est inquiet. Il sait que la route se construit et que les bûcherons sont à pied d'œuvre sur le territoire des Polson, mais il n'avait pas prévu de tels dommages. William nous a en plus raconté que les bûcherons abattent les plus beaux arbres, les plus sains, les plus vieux, et qu'ils les attaquent avec frénésie, comme si chaque arbre était un ennemi qui devait être vaincu. À chaque arbre qui tombe, le bûcheron lance haut et fort comme un cri de victoire:

« *TIMMMBERRRR*[1] ! »

Le trappeur déconcerté ne voit vraiment pas ce que nous pourrions faire pour les arrêter. Ils sont effrontés et disent qu'ils sont chez eux et qu'ils ont tous les droits. « C'est écrit noir sur blanc sur des feuilles de papier », disent-ils.

---

1. *Timber*: mot anglais pour bois, arbre. Cri d'avertissement lancé par un bûcheron qui abat un arbre.

William a essayé de discuter avec eux, mais sans succès. Il n'a jamais pu savoir qui était vraiment le chef de ces hommes. Quand il le demandait, on lui rétorquait : « Les ordres viennent d'en haut ! Nous, on n'y peut rien, on exécute. Et toi non plus, tu n'y peux rien. C'est le progrès. »

La famille Polson a survécu en piégeant quelques castors sous la glace. Mais au printemps, ces animaux aussi vont s'empresser d'aller vivre ailleurs. L'hiver prochain sera catastrophique. La famille jusqu'à présent autonome et orgueilleuse a survécu grâce à des arpenteurs charitables qui leur donnaient de temps en temps de la farine, des haricots, du riz, de la graisse et des boîtes de lait Carnation pour le bébé. William est humilié.

J'ai tout de suite deviné de mon poste de vigie que les Polson étaient en difficulté. Je ne comptais que cinq chiens attelés à leur traîneau de tête. Cinq chiens suffisent à peine à tirer un traîneau quand il est chargé de nourriture et de fourrures. L'attelage manquait d'enthousiasme. Je n'entendais pas les « Hush ! Hush ! » habituels claquer dans le vent. Deux autres chiens traînaient péniblement, loin derrière, un toboggan sur lequel était ficelé un rouleau de couvertures. Les Polson ramenait au village les corps de la grand-mère et d'un enfant de trois ans, morts au cours de la saison de chasse. Il y aura des réjouissances ce printemps, certes, mais aussi des funérailles.

Koukoumis m'a dit un jour :

«La nature est généreuse. Nous n'avons aucun reproche à lui faire. Elle nous a donné la vie! Nous ne pouvons rien lui demander de plus... : mais elle se réserve le droit de nous enlever d'une main ce qu'elle nous donne de l'autre. »

3

LES MATCHEWAN

Je suis inquiet. Ceux que j'attends le plus ne sont toujours pas là. C'est la famille de Mary et Poné Matchewan que j'ai hâte de voir et ils ne sont pas encore arrivés. J'espère qu'ils vont bien, qu'ils ont passé un bon hiver. Koukoumis est la sœur de Poné Matchewan. Il s'agit de ma famille : mes cousins, mes cousines, mes oncles, mes tantes. Je ne me vois pas passer l'été sans eux.

La famille de ma mère, je ne la connais pas. Ce sont tous des étrangers pour moi. Je me dis parfois qu'un jour je partirai à leur recherche. Ils ne seront certainement pas difficiles à trouver. Mon père dit que le monde est de plus en plus petit. Peut-être viendront-ils me voir… Savent-ils seulement que j'existe ? Ma mère vient de quelque part, c'est certain. Elle a un père et une mère. Leur a-t-elle dit un jour qu'ils avaient un petit-fils anishnabé ? Ce soir-là, grand-maman a lu dans ma démarche lente que ça n'allait pas bien dans mon cœur. Elle m'attend au milieu du sentier, à mi-pente. Nos ombres se projettent sur le flanc de la colline. La mienne est effilée comme une grande épinette ; la sienne, rondelette comme un jeune sapin les bras chargés de neige. Debout en contrebas, je suis encore plus grand qu'elle.

Grand-maman est petite dans ses amples vêtements d'hiver. Je vois briller des gouttelettes d'étoiles dans ses yeux noirs. Sa voix douce me rassure.

Grand-maman pose sa main sur mon épaule :

— Ne t'en fais pas trop, mon grand. Poné sera avec nous pas plus tard que demain. C'est le vent qui me le dit. Ton grand-oncle est de la race des grands chasseurs. C'est un homme libre et surtout orgueilleux. Il s'est toujours fait un point d'honneur d'arriver le dernier. C'est lui qui ferme la saison de la chasse. Je suis davantage inquiète de ce qui arrive aux Polson. Je sens la colère gronder en moi quand j'entends des récits d'une telle tristesse. Mon frère ne sera pas content non plus. Que viennent-ils faire sur nos territoires, ces maudits bûcherons ? Ce sont des *mashti mendos*[1] ! Pourquoi s'en prennent-ils aux arbres ? Pourquoi ne nous laissent-ils

---

1. *Mashti mendo* : en algonquin, nom donné au mauvais esprit.

pas vivre en paix? Ils ont leurs villes, leurs fermes, leurs animaux, leurs jardins, leurs routes. Ça devrait leur suffire. Nous, les Anishnabés, on ne va pas les importuner chez eux. S'ils veulent couper des arbres pour se faire du bois de chauffage, ou même se construire une maison, qu'ils nous le demandent. Ça ne nous dérangerait pas de partager un peu de bois avec eux. Mais là, ils exagèrent.

La voix de grand-maman fait de petits nuages de brume grise en sortant de sa bouche. Ils flottent un instant, puis s'évanouissent dans le vent froid tandis qu'elle ajoute:

— Ce soir, l'hiver a repris le dessus sur le printemps qui semble s'être retiré. Mais pas pour longtemps. L'hiver s'éclipsera bel et bien, mais seulement pour mieux revenir plus tard. Il en a toujours été ainsi. C'est une question d'équilibre. Il y a quatre saisons, comme il y a quatre directions. Poné aime voyager de nuit, pour profiter du gel. Le traîneau glisse mieux sur la neige croûtée. Je parle en toute connaissance de cause. J'ai longtemps voyagé avec lui. Le froid de la nuit stimule les chiens. C'est dans ces conditions qu'ils sont les plus vaillants. Regarde là-haut! C'est la pleine lune, le temps idéal pour se déplacer en forêt et sur les lacs. Et c'est beau. Il n'y a rien de plus beau, de plus reposant, de plus émouvant que la forêt en hiver, lorsqu'elle est éclairée par la lune. Quel beau cadeau le grand créateur de toute chose nous a fait en nous offrant ces paysages! C'est ce que nous avons reçu en héritage de nos ancêtres et c'est ce que nous voulons vous léguer, à toi et à tes descendants. Moi, je suis vieille et Poné aussi. C'est toi qui devras prendre la relève et veiller à ton tour sur la nature.

Grand-maman me tire doucement vers elle. J'enfouis mon nez dans le creux de son cou chaud. Elle m'enlace les épaules de ses bras courts et vigoureux, me serre contre elle. Elle colle sa joue sur moi, me tapote le dos de sa grosse mitaine en peau d'orignal. Elle porte en elle toutes les odeurs du vent et de la forêt. Je respire profondément. Elle a su me rassurer.

Nous reprenons notre marche dans le sentier, posant avec précaution un pied devant l'autre. Maintenant derrière moi, grand-maman continue à me parler. Elle élève la voix :

— Le sacré Poné Matchewan! Il tient ça de Joachim, notre père. Il a le flair d'un vieux hibou. Il connaît les lacs et les rivières comme personne d'autre. Le chasseur sait qu'après son passage la piste disparaîtra, minée par le soleil, engloutie par l'eau. On dirait que la piste attend qu'il soit passé avant de se démanteler. Dans quelques jours, nous traverserons le Cabonga en canot. Poné est comme une outarde. Il annonce le printemps et ça lui plaît. Avec lui, c'est une nouvelle année qui commence. Avant l'arrivée des Blancs, nous savions ce que chaque année nous amènerait. Aujourd'hui, on ne sait plus rien. S'ils pouvaient donc nous laisser vivre en paix. C'est tout ce que nous demandons. Vivre dignement en paix. Nous le méritons bien.

Au matin, le lac semble complètement gelé. Les flaques d'eau du jour précédent sont couvertes d'une mince couche de fausse glace. La piste est figée, saupoudrée d'une fine poussière de neige, blanche comme du sucre à glacer sur un beigne. Je m'installe à mon poste de bonne heure comme me l'a recommandé Koukoumis. Je n'ai toujours pas de nouvelles de La Louve.

Au moment où le soleil se lève, je crois voir une toute petite tache sombre, pas plus grosse qu'un grain de riz sauvage, au début de la piste, au pied de la montagne. Ça y est! Ce sont enfin eux! Je me tape dans les mains. J'applaudis de joie. Le petit grain de riz bouge... j'en vois un deuxième... puis un troisième qui file derrière. Trois traîneaux, il y a trois traîneaux qui glissent à toute allure sur le grand lac.

Grand-maman est arrivée à mes côtés sans que je l'entende venir. Elle est accompagnée de La Louve qui s'assoit à mes pieds. La collerette hirsute, l'oreille pointue, la chienne frétille de la queue, hume l'air. Koukoumis sourit, heureuse elle aussi. Dans une heure tout au plus, nous serons tous réunis sur le quai.

Nous les regardons venir en silence, les yeux rivés sur les trois traits noirs qui serpentent sur le pont de glace. Les Matchewan sont les seuls à posséder trois attelages de treize chiens chacun. Trente-neuf chiens! Des bêtes racées, orgueilleuses comme leurs maîtres. Il faut être un chasseur qui sort de l'ordinaire pour entretenir une telle meute.

«HUSH! HUSH!»

Les chiens de mon grand-oncle font l'envie de tous les maîtres de traîneau de la région. Le vieil homme a toujours refusé de les vendre à qui que ce soit. Les arpenteurs et les ingénieurs forestiers auraient bien aimé lui acheter tous ses chiens. Ils lui ont fait des offres fabuleuses. Ils ont même étalé des milliers de dollars devant lui :

«On te les achète *cash*! disaient-ils. Tu pourras te payer ce que tu veux avec tout cet argent.»

Leurs dollars amusaient le maître de traîneau. Il a répondu :

«Les chiens ne sont pas faits pour être attachés, mais pour courir l'hiver et vivre en toute liberté l'été. Regardez-moi! J'ai besoin de mes deux jambes pour marcher, de mes deux bras pour pagayer et de mes chiens pour voyager sur ma ligne de trappe. Un Anishnabé sans ses chiens est un homme perdu, un être sans bras, sans jambes. M'enlever mes chiens, ce serait me réduire à l'impuissance, me priver de tout moyen de vivre et de faire vivre ma famille dignement. Et de vos piastres, je n'en veux pas. Il n'y a rien à acheter sur ma ligne de trappe. Ce dont j'ai besoin, je sais où et comment le trouver. Je suis riche.»

Avant de s'engager sur le pont de glace, le clan Matchewan s'est arrêté une dernière fois sous le couvert de la forêt touffue de mélèzes et de gros pins qui bordent le lac Cabonga. Le soleil pointait à peine le nez.

Mary et ses filles ont vite sorti la théière des bagages. Elle est toujours à portée de la main. Les femmes ont fait un petit feu vif de broussailles de mélèze et en un rien de temps le thé fumait. La famille au complet a revêtu de beaux habits neufs en peau d'orignal boucanée, dorés comme des rayons de soleil, préparés avec soin au cours de l'hiver. Les mamans ont allaité puis débarbouillé les deux petits derniers-nés en janvier, les ont emmaillotés dans des peaux de castor avant de les glisser dans les *tikinagans*.

Poné et ses grands fils ont noué un foulard à pois rouges au cou de chaque bête et attaché des grelots aux attelages. Les chiens trépignent d'envie de se précipiter à l'attaque de la piste. Les trois maîtres de traîneau, Poné et mes deux cousins Fred et Noé, les caressent durement, à rebrousse-poil, les mains nues dans le poil rude et froid.

C'est Poné qui m'a donné ma chienne un automne, juste avant qu'il monte sur sa ligne de trappe. Ma mère venait de nous quitter de nouveau, sans dire un mot. Sa chienne Kakwasut avait mis bas une impressionnante portée de dix chiots, tous plus vigoureux les uns que les autres. Ils étaient, à l'image de leur mère, aussi noirs que la nuit, excepté une, blanche comme un petit nuage dans un beau ciel bleu. J'allais voir les petits chiots endiablés tous les jours. Je passais de longs moments avec eux. Je suis devenu l'ami de Kakwasut. J'étais le seul, avec mon grand-oncle, à pouvoir l'approcher. Kakwasut avait accouché sous le vieux canot renversé près de la cabane de mon grand-père. Elle s'y sentait à l'abri et Poné avait étendu de vieilles toiles sur le sable pour qu'elle soit plus à l'aise.

— Observe-la bien, m'avait dit mon grand-oncle en déposant la petite chienne blanche dans mes bras. Je t'en fais cadeau. Tu lui trouveras le nom qui lui convient. Dorénavant, elle t'accompagnera dans ta vie.

J'étais ému. J'avais une chienne à moi! Et pas n'importe laquelle. Le chiot était vigoureux. Il frétillait dans mes bras comme une grosse truite que l'on sort de l'eau. Il agitait sa queue ronde, me montait sur l'épaule, collait son museau froid dans mon cou, me chatouillait, me léchait le menton et les mains. La petite chienne blanche était forte et racée. J'ai tout de suite décidé: «Je vais l'appeler Mahigan, La Louve, et j'en ferai une chienne de tête, comme sa mère.»

La Louve est la digne fille de Kakwasut. Elle a tout de sa mère, excepté la couleur. Elle arbore deux taches noires : une au cœur de son poitrail, pour nous rappeler sa lignée maternelle, et une autre à la naissance de sa queue, pour marquer ses ascendances de loup.

En passant le long de la falaise du lac Cabonga, mon grand-oncle Poné en premier, puis mes cousins Fred et Noé par la suite, lancent de joyeux «Hush! Hush!» retentissants qui nous remplissent le cœur de plaisir. Ils crient pour nous saluer. Nous leurs faisons de grands signes de bienvenue en agitant les bras haut dans les airs. La Louve aboie.

Nous nous empressons de dévaler la colline. La Louve et moi ralentissons notre course pour attendre grand-maman qui crie :

— Attendez-moi! Attendez-moi! Vous courez trop vite. Vous allez vous casser le cou!

Si elle n'avait pas été là, nous aurions certainement ce matin-là battu tous nos records de vitesse. Mais nous sommes contents de nous présenter tous les trois ensemble à la ligne d'arrivée.

C'est spectaculaire. Trente-neuf gros chiens fendent la foule la queue roulée. Trois traîneaux chargés à ras bord de victuailles, de bagages, de fourrures, et certainement vingt-cinq personnes, le clan au complet, formé de Poné, Mary, la famille du frère de Mary, Fred, Noé, leurs femmes, leurs enfants, leurs bébés, est là. Ce sont des hommes et des femmes de tous âges, souriants, généreux, en santé, fiers d'être ce qu'ils sont, des gens de la forêt, forts comme des arbres.

C'est la cohue devant les hangars de la Compagnie de la baie d'Hudson. Tout le village est présent. Les chiens sont aussi au rendez-vous. Mon père, Koukoumis, Sam, moi et La Louve sommes au premier rang pour accueillir notre famille. Mais finalement tout le monde a un quelconque lien de parenté avec les arrivants. On s'embrasse, on se serre dans les bras les uns les autres. On rit, on pleure. Tout le monde parle en même temps. Ce n'est pas seulement un grand chasseur, une famille prestigieuse et fière qui arrive au village. C'est une nouvelle année qui peut maintenant commencer pour de bon.

4

LES OISEAUX DE MALHEUR

Je connais assez mon père pour savoir s'il est inquiet. C'est le matin, au déjeuner surtout, que ses tracasseries le tourmentent le plus. Quand il a beaucoup pensé la nuit, ça paraît tout de suite. Sa figure est sombre comme une mare d'eau. Il mange, perdu très loin dans ses pensées, sans vraiment goûter à la nourriture. Il ne me parle presque pas. J'ai alors l'impression qu'il est comme un canard qui disparaît de la surface de l'eau. Il plonge dans les profondeurs sans que nous sachions vraiment où il est, ni de quel côté il va se sortir la tête. Il ne nous reste alors qu'à l'attendre.

Je le surveille. Pourtant, me dis-je en l'observant, toutes les familles sont revenues des territoires de chasse. Le *makousham* a été réussi. Il y a eu des danses, des chants, de belles histoires de chasse, un immense festin d'ours, d'orignal, de castor. La grand-mère et le bébé ont été enterrés côte à côte dans la pinède avec un plein panier en écorce de bouleau de nourriture. Ils peuvent ainsi entreprendre en paix leur long voyage vers le monde des esprits. La grand-maman continuera de veiller sur son petit-fils.

Il y a bien une rumeur qui circule sur le fait que la trappe a été moins rentable cet hiver. Mais il n'y a là rien de nouveau. Elle est moins bonne d'année en année et le prix des fourrures diminue d'une saison à l'autre. Les Anishnabés sont plus pauvres que jamais. Les prix sont à la baisse et les animaux se font de plus en plus rares.

Je remonte dans le temps, jour après jour, pour voir si je ne trouverais pas la cause de ce qui peut l'avoir assombri comme ça. C'est difficile. Depuis dix jours, je ne me suis intéressé qu'au retour des familles de trappeurs et à la fête. Il y a certainement un événement qui m'a échappé.

Ma mère aurait-elle donné signe de vie? Non. Ça, il m'en aurait parlé. Puis, je me souviens tout à coup d'avoir croisé deux agents de la Police montée au poste. Ils ne viennent jamais pour rien, ceux-là. Ils sont toujours porteurs de mauvaises nouvelles pour nous. Plus souvent qu'autrement, ils viennent pour arrêter quelqu'un qui a été vu en boisson plusieurs mois plus tôt. On ne se rappelle même plus l'offense dans la communauté.

Shigobi les appelle les « oiseaux de malheur ». Les policiers se font les porte-parole de ceux qui n'osent pas se montrer en personne chez nous, de peur de nous affronter en face et de devoir répondre à nos questions.

Oui, là, je pense avoir trouvé. Mais je n'en sais pas plus long. J'ouvre la bouche pour lui parler de cette visite quand subitement, il pose fermement sa main sur mon bras. Il me dit sur un ton ferme, comme s'il me donnait un ordre :

— Ça va, Ojipik ?

— Oui, oui, ça va.

— Où est La Louve ? Je ne la vois plus.

Il me serre le bras dans sa grosse main en même temps.

— Avec les autres chiens, dans le bois.

Je fais un signe vague de la tête pour désigner la forêt.

— Trouve ta chienne rapidement et assure-toi qu'elle couche ici toutes les nuits à partir de maintenant.

— Ce ne sera pas facile. Elle court partout avec les chiens de Poné…

— Je compte sur toi. Demande à Koukoumis de t'aider. Elle sait toujours où retrouver les chiens. Tu te feras aider aussi par tes cousins s'il le faut.

— OK, papa !

— Cet après-midi, tu viendras me donner un coup de main au poste avec Sam. Nous allons préparer la salle. Je convoque tout le monde à une réunion pour ce soir.

— OK !

La salle de traite est pleine à craquer. Tous les Anishnabés se font un devoir et un plaisir de répondre à l'invitation de mon père. Il est gérant du poste et responsable de la traite des fourrures avec les chefs de chaque famille. Au cours de l'après-midi, Sam et moi avons fait de la place en rangeant toute la marchandise le long des murs, dans les coins et en un îlot au centre. À cette période de l'année, le comptoir est rempli de produits de toutes sortes.

Ce soir, il y a des Anishnabés assis sur des sacs de farine Robin Hood, des poches de jute remplies de haricots secs, des « quarts » de lard salé, des chaudières en tôle de pommes sèches, des caisses de lait Carnation. Mais la majorité d'entre eux a choisi de s'adosser le plus confortablement possible contre le mur, assis à plat sur le plancher fait de grosses planches équarries. Il y a tellement de jambes croisées et allongées qu'il est pratiquement impossible de traverser la salle d'un bout à l'autre sans écraser quelqu'un ou trébucher. Les personnes âgées sont assises sur des bûches que nous avons placées en avant, expressément pour elles. De toute façon, une fois que chacun a trouvé une place à son goût, il l'occupe pour la soirée et ne bouge plus.

Les trois gros fanaux au « naphte » que j'ai pompés à bloc sont suspendus aux poutres du plafond. Dans un sifflement incessant de chat sauvage en colère, ils jettent une lumière crue, bleue comme le craquement d'un éclair dans un ciel d'orage. La température monte vite dans la petite salle même si la porte est grande ouverte.

Les hommes portent des chemises bleues ou rouges en flannelette, des *britches* bouffants en grosse laine brune, retenus par de larges bretelles blanches à boutons qui se croisent dans le dos. Ils chaussent tous des *mukluks* en peau d'orignal et ils ont roulé leurs bas de laine grise à mi-jambe. Ils sont presque tous coiffés d'un chapeau de feutre à large rebord gondolé, usé par la pluie et le vent, enfoncé jusqu'aux oreilles sur une rude tignasse noire qui leur tombe sur les épaules.

De leur côté, les femmes sont vêtues de robes fleuries qui balaient le plancher. Elles se sont couvert les épaules d'un châle en laine aux couleurs vives. Elles préfèrent le rouge vif, le jaune clair, le bleu ciel. Elles chaussent des mocassins à hauts rebords frangés aux chevilles et aux empeignes décorées de fleurs brodées avec du poil d'orignal. Elles sont coiffées de bérets amples, bleu foncé, qu'elles portent haut sur le front.

Les bébés aux figures rondes tètent avidement les seins gorgés de lait des jeunes mamans. Les enfants se gavent de pommes séchées et de poignées de raisins secs.

C'est la soirée du poste. Shigobi la donne une fois l'an, au printemps. Les friandises, le pemmican, le tabac à pipe sont offerts gratuitement. Tous les Anishnabés fument comme des chaudières à boucane. Une épaisse fumée, mauve comme un trille[1], colle au plafond bas et descend en brume sur toute l'assistance.

La grande porte, celle qui donne sur le lac, est largement ouverte. Le vent, en fin de journée, est tombé à plat. Il n'y a pas un maringouin qui oserait entrer dans la salle.

1. Trille: nom d'une fleur sauvage de couleur mauve foncé.

Il n'en sortirait certainement pas vivant tant l'air y est rare.

Shigobi, assis sur une bûche près du poêle, a discuté une partie de la soirée avec Poné et les vieux trappeurs. Ils parlent de la dernière saison de chasse, de l'organisation de la prochaine, et le gérant fixe des rendez-vous avec chacun pour la vente de leurs pelleteries. Je les observe du coin de l'œil. Ils discutent sérieusement. Lorsqu'il les a tous rencontrés, Shigobi se lève pour parler. Le silence se fait comme par magie.

— Je suis heureux de nous voir ici ce soir rassemblés en une grande famille. Nous sommes des frères, des sœurs, les branches d'un même vieil arbre profondément enra-ciné dans cette terre que nous foulons depuis des millénaires. Cette Terre mère à qui nous devons la vie. Je suis certain que peu importe ce qui nous attend, les Anishnabés que nous sommes resteront solidaires.

Mon père sort de la poche de sa chemise une feuille de papier pliée en quatre. Il poursuit :

— Voici une lettre que j'ai reçue cette semaine du gouvernement du Canada. Elle m'a été livrée en main propre par la Police montée. Cette lettre est adressée à toute la communauté des Anishnabés. Ce n'est pas moi, Shigobi, qui vous parlerai. Non! Je prête ma voix à celui qui a écrit la lettre. Je vais vous la lire. Regardez, elle est couverte d'écriture. Ce sont là les paroles d'un autre.

Shigobi lit lentement la lettre en anglais et la traduit au fur et à mesure en anishnabé. Sa voix est grave, car il sait depuis quelques jours ce qu'elle contient et plus que nous tous, il en a compris la portée :

La présente a pour but de vous informer officiellement que le gouvernement du Canada, tuteur légal des Sauvages de par la Loi sur les Indiens, a pris à votre égard et pour votre plus grand bien les décisions suivantes :

A) Il est décrété qu'aucun campement indien ne sera toléré le long de la route 117 entre l'entrée sud du parc de La Vérendrye et Val-d'Or. Cette route a été construite à grands frais et a pour but de favoriser le développement touristique et économique de la vaste région de l'Abitibi. Tout campement indien visible de la route 117 sera détruit et exproprié par les gardes-chasses sans aucun avertissement préalable. Les contrevenants à cette décision sont passibles d'une amende de 100 $ et d'une peine d'emprisonnement d'une durée d'un mois.

B) Il est décrété qu'aucun chien errant ne sera toléré dans les réserves ou campements indiens. Les trappeurs, propriétaires de ces chiens, devront obligatoirement, dès leur retour de leur territoire de chasse, les attacher à au moins un mille de toute habitation ou campement. Ces trappeurs auront aussi l'obligation de les nourrir convenablement. Tout chien pris en défaut sera tué sur-le-champ.

Par ailleurs, les chiens domestiques dûment enregistrés à la municipalité, portant un collier et une médaille, ne seront pas assujettis à ce règlement. Chaque famille est limitée à un chien domestique.

Andrew Casey
Sous-ministre aux Affaires indiennes

Les visages sont fermés comme une falaise de roche. Même après avoir été traduite lentement, mot à mot, la lettre nous laisse perplexes. Nous ne sommes pas certains d'en avoir bien compris le sens. L'annonce est tellement grosse que personne ne bouge.

Koukoumis, le front plissé, les yeux sombres, réagit la première. Elle se lève lentement, les deux mains à plat sur ses cuisses et le dos courbé comme si elle était lourdement chargée. Sa voix frissonne d'émotion. Le poing fermé, elle pointe un doigt accusateur dans le vide:

— Si je comprends bien, cela veut dire que dorénavant nous ne serions pas libres d'aller où nous voulons et quand bon nous semble sur nos territoires? On nous dicte à nous, les Anishnabés, où nous devons vivre chez nous!

Mon père fait signe que oui en montrant la feuille de papier pour signifier que c'est bien ce que dit la lettre.

— Cela veut dire, poursuit-elle sur le même ton, que nos chiens dérangent, qu'il faudrait les attacher aux arbres, leur enlever toute liberté. Nous savons tous qu'un chien attaché tout l'été ne fait pas un bon chien de traîneau. Nous n'avons jamais emprisonné nos chiens. Pourquoi le ferions-nous maintenant? Et c'est cet étranger, cet inconnu d'on ne sait où qui se mêle comme ça de nos vies?

Mon père approuve de nouveau. Poné se lève à son tour. Ses mains osseuses tremblent:

— Qui est cette personne qui se mêle de nous dire où nous devons monter nos maisons et comment nous devons élever nos chiens? Pour qui se prend-elle? Notre chef! Nous, les Anishnabés, n'avons qu'un chef véritable et c'est nous-mêmes.

Shigobi relit la signature:

— La lettre est de monsieur Andrew Casey, sous-ministre du premier ministre du Canada.

— Pourquoi ce monsieur n'est-il pas venu ici, nous le dire lui-même à voix haute ? Nous aurions pu discuter avec lui, lui faire comprendre notre point de vue. Mais non ! Il se cache derrière une feuille de papier, comme un siffleux dans son terrier. Sait-il seulement qui nous sommes, nous, les Anishnabés ? Il faut lui dire et vite, à ce monsieur, que nous sommes des gens libres, que nous avons toujours vécu à notre façon et que nous ne sommes les esclaves de personne. Nous n'avons aucune permission à demander à qui que ce soit. Nous n'avons jamais ni donné ni vendu les terres que nos ancêtres nous ont transmises en héritage. Nos chiens, nous en avons besoin pour vivre. Si quelqu'un les tue, il nous privera de notre seul moyen de transport. Un trappeur sans chiens n'est pas un trappeur. Nous disons à ce monsieur que s'il n'est pas content, il peut venir ici même, en personne, nous le dire. Il sera bien reçu !

Grand-maman se relève rapidement. Comme une mouette en vol, elle saisit du bout des doigts la lettre que Shigobi tient dans sa main. Elle s'empresse de soulever le rond du poêle avec la clé. Elle laisse tomber la feuille de papier dans la braise avec un profond air de dédain. Le papier se tord. Pouf! Il s'enflamme et se consume. Koukoumis referme le rond et frotte ses mains de satisfaction:

— Voilà ce que j'en fais, de la lettre. Qu'elle brûle dans le feu de son enfer! Il n'y en a plus, de lettre, et plus de paroles inutiles. Elles se sont envolées en fumée.

Grand-maman se rassoit sur sa bûche et se croise les bras, contente de son geste. Toute l'assistance l'approuve. En reprenant sa place, Poné conclut:

— Voilà qui est bien dit et bien fait, Koukoumis.

Il y a du *mashti mendo* dans cette lettre. Des paroles qui viennent de loin, d'on ne sait où, prononcées par une personne que nous ne connaissons pas, que nous n'avons jamais vue. Ce sont de fausses paroles, car il n'y a pas de visages pour les exprimer. Existe-t-elle vraiment, cette personne? Nous n'en savons rien. Elle nous dit même qu'elle parle non pas en son nom propre, mais en celui d'un autre!

Poné se tourne du côté de mon père et lui dit:

— *Kitshi miguetsh*, Shigobi, pour cette soirée. Nous avons appris beaucoup de choses ce soir grâce à toi. Tu nous reçois toujours bien et nous t'en sommes reconnaissants. Je reprendrai tes paroles du début pour terminer cette rencontre. Nous formons une grande famille. Soyons solidaires les uns des autres. Et j'ajouterai que le monde dans lequel nous vivons change. Avant, nous savions tout et rien ne nous prenait au dépourvu. Aujourd'hui, nous ne comprenons pas toujours le monde qui nous entoure à cause de tout ce qui vient de l'extérieur, d'une façon de vivre qui n'est pas la nôtre. Soyons vigilants!

La rencontre se termine sur les paroles de Poné.

5

LE CARNAGE

Je sursaute dans mon lit. Je pense avoir fait un cauchemar. Non, c'est bien un coup de feu que j'ai entendu. Un coup de fusil, un gros calibre, tiré juste sous ma fenêtre. Qui peut bien tirer du fusil si tôt le matin? La Louve est sur le qui-vive, nerveuse, la tête sortie de sous mon lit. Mon père est en état d'alerte lui aussi. Je l'ai entendu s'asseoir. La tension est forte dans le silence de la maison. Un jet de lumière blanche balaie le mur de ma chambre.

«BANG! BANG!»

Deux autres coups de fusil, percutants comme des coups de masse. Un chien hurle de douleur. Il a lancé un cri horrible qui déchire la nuit. Le hurlement est effroyable, aigu. Une voix puissante crie:

— *I got the big bastard! I got him in the guts*[1]*!*

La bête atteinte ne cesse de hurler.

«BANG! BANG! BANG!»

1. Je l'ai eu le gros bâtard! Je l'ai eu dans le ventre!

Les coups de fusil pètent à gauche, à droite. Il y a plusieurs tireurs. Tout se passe très vite. Dès la deuxième détonation, nous nous retrouvons tous les trois dans la cuisine en train de nous habiller. La Louve gratte frénétiquement la porte à deux pattes. Elle veut sortir.

— *OK, guys. This way. Kill at sight*[1].

— Papa? Papa? Qu'est-ce qui se passe?

J'ai la voix sèche, prise dans la gorge.

— Ce sont les gardes-chasses. Ils tirent sur les chiens.

— Pourquoi, papa? Pourquoi?

Par la fenêtre, je vois des ombres aux larges chapeaux ronds se glisser furtivement dans la pénombre. Le jour se lève à peine. Des silhouettes d'hommes armés de longs fusils. Ce sont bien des gardes-chasses, mais il y a aussi des hommes de la Police montée. Que font-ils ici à cette heure?

Excitée par les coups de fusil et les hurlements des chiens, La Louve aboie à tue-tête dans la petite cuisine. Elle racle le bois frénétiquement avec ses puissantes griffes. Je suis prêt à sortir le premier. Mon père me retient:

1. OK, les gars. Par ici. Tuez à vue.

— Attends, Ojipik. Attends, ne va pas trop vite. C'est dangereux. Ils tirent à vue. Ce sont des fous pour agir ainsi. Il ne faut pas que La Louve sorte.

Je saisis ma chienne à deux mains par le long poil de son cou et je la traîne vers la penderie où je veux l'enfermer. La chienne est en colère. Elle bave, ses crocs ivoire sont sortis, ses babines tremblent, ses yeux pétillent. Tous ses muscles sont raides, gonflés. Elle est forte comme un ours et s'agite tellement qu'elle m'emporte avec elle. Je tombe à genoux sur le plancher. Shigobi vient vite à ma rescousse. À nous deux, nous arrivons à la traîner jusque devant le réduit et papa la pousse dans le fond. Je ferme la porte sur La Louve et vire le taquet d'un coup. Je me dis qu'elle ne me pardonnera jamais de l'avoir emprisonnée ainsi. Je n'ai pas le choix!

Au moment où mon père tourne la poignée de la porte de la cuisine pour sortir, la chienne se catapulte sur la porte de sa prison qui craque. Le taquet vole. La Louve roule sur le plancher, se relève sur ses pattes, se faufile comme un brochet dans l'embrasure avant que nous ayons pu faire quoi que ce soit. Elle disparaît entre les arbres.

« BANG! BANG! »

— *This way! This way! Kill them all*[1], ordonne le tueur en chef.

«BANG!»

Pris en souricière par les gardes-chasses et les policiers, les chiens tombent comme des mouches. Ils courent, affolés, ne savent plus où se cacher. Certains, hébétés, sont des cibles faciles. Ils restent plantés là, figés, incrédules. D'autres, éventrés, se traînent sur leurs pattes de devant.

«BANG!» Ils hurlent de douleur. Un hurlement de mort.

Les chiens sont défigurés sur le coup, décapités, coupés en deux, déchiquetés, criblés de plomb. Les plus astucieux ont vite compris et ont fui en forêt aussi vite qu'ils le pouvaient. D'autres se terrent, tapis dans les bosquets touffus, ou se cachent tant bien que mal, aplatis entre les racines noueuses des grands pins. Quelques-uns se sont réfugiés sur la plage, sous les canots renversés de leur maître, ou sous les perrons des hangars des entrepôts et du poste. Les chiens se cachent là où ils le peuvent, mais aucun n'est à l'abri de la mitraille.

La battue est bien planifiée. Les tireurs expérimentés progressent en rang serré, à

1. Par ici! Par ici! Tuez-les tous.

distance calculée. Ils sont arrivés à la barre du jour, sans nous avertir, pour bénéficier de l'effet de surprise. Ils savaient fort bien que nous aurions mis nos chiens à l'abri si nous l'avions su d'avance. Les commandements sont brefs, secs, exécutés sur-le-champ.

— *This way[1]!*

— *Watch him... watch the goddam bastard[2]!*

— *Shoot[3]!*

«BANG!»

— *Stop! Stop!* crie mon père désespérément. *Stop!*

En même temps, il lève la main droite en l'air en signe de paix. On ne l'écoute pas. Les gardes-chasses l'ignorent.

— *Under the stairs. The black one! The big black one[4].*

Je vois Kakwasut prise au piège sous le perron du poste. Débusquée, elle surgit de sa cachette et traverse la cour à toute vitesse. Au lieu de piquer en direction du bois touffu, elle décide courageusement d'attaquer l'ennemi. Elle fonce sur le tireur le plus près d'elle. Je crie à tue-tête:

1. Par ici!
2. Surveille-le... surveille le maudit bâtard!
3. Tire!
4. Sous le perron. Le noir! Le gros noir!

— Kakwasut, non!

Mais il est trop tard.

«BANG! BANG!»

La chienne est prise entre deux feux, mitraillée au cœur pendant qu'elle chargeait. Sous l'impact, elle est soufflée, projetée violemment sur le sol. Son corps roule dans le lac.

Les tireurs sont énormes, impressionnants. Ils marchent un peu de côté, lentement, l'œil aux aguets sous leur chapeau terreux, le fusil menaçant, chaud, porté à bout de bras, à la hauteur des hanches. Quand un chien est en vue, ils s'immobilisent. Ils écartent les jambes, épaulent à peine, braquent leur fusil.

«BANG!»

Tout cela se fait en un rien de temps. Ils tirent: des charges de gros plombs mortels. Ils utilisent des fusils à pompe ultramodernes.

«BANG! CLIC! CLIC!»

La cartouche est percutée, éjectée et une autre est déjà dans la culasse. Le chien du fusil est armé, prêt instantanément à semer la mort de nouveau.

Je marche sur les talons de mon père qui me protège de sa main gauche. Je ne crois pas ce que je vois. Je vis le pire des cauchemars. J'ai hâte que ça finisse. Nous contournons des corps éventrés de chiens. Une forte odeur de poudre flotte dans l'air. Des tripes jonchent le sol. J'ai mal au ventre, mal au cœur, envie de pleurer et de vomir.

Au premier coup de feu, les femmes se sont empressées de prendre dans leurs bras et de serrer contre elles les bébés qui dormaient dans les hamacs. Les hommes, qui ne savaient pas ce qui se passait, les ont tout de suite fait se coucher sur le sol et les ont recouvertes de couvertures et de fourrures. Les femmes apeurées croyaient que le ciel leur tombait sur la tête, que c'était vraiment la fin du monde, celle que le missionnaire leur annonçait depuis longtemps.

Les chasseurs sont sortis prudemment des tentes de toile ou des petites cabanes en bois rond. Ils se demandaient au début sur qui on tirait de la sorte. Ils ont entendu les chiens aboyer, hurler de douleur. Ils les ont appelés, sifflés, mais bien inutilement.

Poné a regroupé les hommes sur la plage. Ils ont suivi le lac jusqu'au poste. Nous nous sommes retrouvés sur les quais. Poné a parlé le premier :

— Ils sont venus tuer nos chiens, dit-il d'une voix blême. Ils nous ont pris par surprise.

Les vieux chasseurs ne savent pas quoi penser, quoi faire. Les décharges deviennent de plus en plus sporadiques. Elles pètent en écho au loin. Il n'y a plus de chiens vivants dans le village. Des gardes-chasses se sont enfoncés dans la forêt pour achever leur travail. Nous avons entendu trois coups de klaxon brefs, comme un avertissement, suivis d'une minute de silence, puis trois autres coups clairs. Un moteur a démarré, ronronné. Nous avons reconnu le moteur d'une camionnette. Elle a roulé lentement, cahin-caha sur le chemin tortueux qui longe la baie, puis elle est disparue. Nous savions que rendue au Grand Chemin, elle bifurquerait vers la gauche en direction de la barrière sud du parc. Nous avons attendu qu'elle soit loin, avant de penser à quoi que ce soit.

6

L'HUMILIATION

Le carnage est fini! Nous restons là, assommés. Les rayons du soleil trouent la brume matinale qui flotte comme d'habitude sur le lac. La journée sera douce, ensoleillée. Une question, une seule question nous monte du cœur: «Pourquoi? Pourquoi?» Elle n'est pas posée à haute voix, car, chez les Anishnabés, personne ne pourrait y répondre tant le désarroi est profond. Un tel geste n'a pas de sens. Il est cruel et incompréhensible. Pourquoi tuer nos chiens? En quoi nos chiens dérangeaient-ils ces Blancs qui habitent à des centaines de milles de chez nous? Pourquoi arriver comme ça à l'improviste, comme des bandits? Pourquoi violer nos vies, notre intimité, nos territoires? Pourquoi! Qu'avons-nous fait, les Anishnabés, pour être traités de la sorte par un autre peuple? Nous ressentons de la honte. Nous sommes humiliés, bafoués dans notre identité. «Nous sommes des moins que rien à leurs yeux», pensons-nous.

Tout à coup, Poné saute à l'eau. Il en a jusqu'aux genoux. Il vient de trouver sa chienne de tête, Kakwasut. Elle flottait près du quai, ballottée par les vagues. Il la prend dans ses bras, la dépose sur le quai. Son corps imbibé d'eau est mou comme de la guenille. Les plombs l'ont éventrée. Ses tripes pendent entre ses pattes arrière, sa tête a été fracassée. Elle n'a plus de museau.

— Kakwasut!

Le maître de traîneau lui caresse le dos de sa vieille main de trappeur. Des dizaines de corps jonchent la place devant le poste. Malgré la douleur et l'incrédulité, Poné prend vite les choses en main. Il sait qu'il faut réagir rapidement, ne pas se laisser abattre par les événements. Sa voix est caverneuse, mais elle est ferme. Toujours dans l'eau, il donne calmement des directives:

— Retournez vite à vos maisons pour rassurer les femmes et les enfants. Ils doivent être morts de peur. Dites-leur que tout est fini, que nous nous occupons de tout, mais qu'il vaut mieux pour eux rester à l'abri pour l'avant-midi. Il ne faut pas qu'ils voient ça. Vous reviendrez après. Il faut tout nettoyer sans perdre de temps. Nous travaillerons en équipe, deux par deux, à ramasser les chiens.

— Où les mettrons-nous? demande Mathias.

Shigobi propose:

— Pourquoi pas sur la Grande Île de roche? Le canot *North West* de la Compagnie est à l'eau depuis hier. J'ai installé un moteur Johnson flambant neuf. Un vingt forces.

— OK!

Nous nous mettons à l'œuvre sur-le-champ, deux par deux. L'un prend le chien mort par les pattes de devant, l'autre par celles de derrière. Je fais équipe avec mon cousin Noé. Il est muet de douleur, rouge de colère. Il serre les dents. La vengeance gronde dans tout son être. Il reconnaît les cadavres de ses chiens, les nomme un à un. Il les a eus tout petits, les a élevés, nourris, dressés. Chacun a une histoire de vie qu'il se plaisait à nous raconter le soir dans la tente. Il s'était constitué au fil des ans un attelage que tous lui enviaient.

Dès que nous nous approchons d'un cadavre, j'ai peur que ce soit celui de La Louve. J'espère qu'elle a eu l'intelligence de se sauver. Mon cœur flancherait, si je la trouvais morte.

Aidé de Sam, mon père amène le gros canot vert au quai et l'amarre solidement. Ils ont protégé le fond avec une grande toile cirée. Les hommes, toujours en équipe, balancent les cadavres au milieu du canot. Les chiens tombent dans un bruit sourd. Ils s'empilent pêle-mêle.

— Ça suffit pour un premier voyage. J'en ai compté trente-cinq, dit Sam, le visage tiré.

La plage est baignée d'odeurs de panses crevées, d'urine forte, de sang caillé, de poil mouillé. Elles collent à nos vêtements, imprègnent nos cheveux, nous lèvent le cœur. La mort pue! Nous fouillons tous les recoins. Trois chiennes qui se terraient sous le perron avec Kakwasut ont été massacrées sur place, littéralement criblées de plombs. Sous l'impact, les planches de bois ont été pulvérisées.

Un coup de feu a été tiré dans le tuyau du poêle de madame McConnini, le coupant littéralement en deux. La mince toile s'est déchirée, le petit poêle a basculé et des tisons se sont répandus partout sur le sol recouvert de rameaux de sapin. Elle aurait pu prendre feu. Heureusement, elle a eu la présence d'esprit d'étouffer les cendres sous une couverture de laine qu'elle a arrosée avec un seau d'eau. Puis, elle s'est réfugiée chez sa voisine avec les enfants.

Plusieurs salves ont troué les toiles des canots renversés sur la plage. Ils ont tiré dans le ventre des canots. Les embarcations sont finies, irréparables.

Avant le départ du *North West* pour l'île, je vais près du quai. Je demande :

— Papa, La Louve ?

Il me fait signe que non de la tête. Elle n'est pas dans le tas de cadavres. Il la reconnaîtrait tout de suite à son poil blanc.

Shigobi et quatre hommes feront trois voyages au cours de l'avant-midi. En tout, plus de cent chiens seront déposés sur l'île que nous avons baptisée l'île aux Chiens. À chaque départ, il me fait signe que non, pas de Louve. Je me dis qu'elle est peut-être blessée, morte en forêt. Il est certain que nous n'avons pas trouvé tous les cadavres. Je me croise les doigts. En même temps, je me sens coupable quand je vois la peine des autres Anishnabés.

Un peu avant midi, le travail est terminé. Nous sommes épuisés et dégoûtés. J'ai vu mon cousin Fred vomir derrière le hangar en se tenant le ventre à deux mains. Des taches sombres de sang maculent encore le sol à plusieurs endroits. Les odeurs de mort sont toujours présentes dans le vent.

Les chasseurs et mon père se sont rapidement entendus pour que toute la communauté se réunisse le soir même dans la salle de traite au coucher du soleil. Les chiens apeurés qui se terrent on ne sait où seront alors de retour. Nous pourrons évaluer à ce moment-là l'ampleur des dégâts. Nous rentrons chez nous panser nos plaies. Entre-temps, chacun doit s'occuper de sa famille.

7

POURQUOI ?

De retour à la maison, je prépare machinalement du thé fort dans le vieux « canard ».
Nous n'avons pas faim ni l'un ni l'autre. Je
n'ai toujours pas de nouvelles de La Louve.
Nous nous assoyons à nos places habituelles.
Je suis épuisé. Toutes les articulations de mon
corps me font mal. Je bois. Je roule ma langue
sèche dans une grosse gorgée de thé amer.
Le liquide chaud coule doucement dans ma
gorge, descend dans mon estomac, me brûle
le ventre. Je sens monter en moi une énorme
boule de tristesse qui bloque ma respiration.

Je ne veux pas pleurer, je ne veux pas que
ma peine paraisse, mais je n'y peux rien. Ma
tristesse est plus forte que moi. De grosses
larmes chaudes suintent aux coins de mes
yeux, roulent sur mes joues fiévreuses
jusqu'aux commissures de mes lèvres. Je
m'assèche le visage du revers du poignet.

Shigobi me dit :

— Ne t'en fais pas, mon garçon, ta Louve
est saine et sauve. Je l'aurais vue parmi les

corps morts, si elle avait été tuée. Elle va revenir. En fin de journée ou cette nuit.

Mais sa voix est tellement remplie de désarroi, qu'il n'arrive pas à me convaincre.

— Je ne sais pas, papa. Je ne sais pas si elle reviendra.

— Rappelle-toi quand elle s'était battue avec un ours noir dix fois plus gros qu'elle. Elle s'en était bien tirée. Je la revois encore quand elle s'est montré le bout du museau… Tu te souviens?

— Elle avait perdu une oreille.

— Une oreille mais pas la tête!

— Elle en était même fière.

Je ris les yeux dans l'eau. J'avale une autre grande rasade de thé. Des sanglots dans la voix, je dis à Shigobi:

— Il n'y a pas que ce qui peut arriver à La Louve qui me bouleverse. C'est tout ça… tout… je ne comprends pas…

Papa laisse passer un long silence, puis il me dit:

— Ojipik, j'ai tout à coup une idée…

Il fait un gros effort pour prendre le ton intrigant qu'il utilise quand, à l'occasion, il veut me faire une grande surprise. Il a quelque chose à me proposer. Sa manœuvre a réussi à piquer ma curiosité:

— Quoi?

— Nous avons un beau canot en cèdre flambant neuf qui est arrivé au poste cette semaine. Je l'ai acheté pour remplacer celui que l'ours a brisé en deux. Je l'avais caché pour te le montrer plus tard. Il nous attend dans sa boîte à l'entrepôt! Si le cœur t'en dit, on le met à l'eau pas plus tard que maintenant et on va à la «cabane à *malle*». Ça nous fera une belle randonnée, la première de l'année sur le lac, et on a peut-être de la *malle*. Je n'y suis pas allé depuis une bonne semaine. Nous suivrons doucement la rive. Peut-être verrons-nous La Louve, ou d'autres chiens qui se sont enfuis… Ça nous fera du bien à tous les deux.

— OK! Et on remontera la rivière pour voir… On ne sait jamais… La Louve… et pour pêcher la truite.

— Tu m'enlèves les mots de la bouche. Les truites de rivière sont belles et grasses en ce temps de l'année.

— Papa, je te gage que je vais prendre la première truite.

— On verra bien, mon garçon. On verra bien. Il ne faut pas vendre la peau de l'ours avant de l'avoir tué!

— Celui qui perd la gageure fait le *cook*!

— OK! Qu'est-ce qu'on attend? Allons-y sans tarder! Il faut revenir avant le coucher du soleil.

J'ai tout à gagner dans ce pari. Shigobi est un pêcheur expérimenté. Si je perds, j'aurai beaucoup de plaisir à rôtir la truite sur le bord de l'eau. Je ne peux pas non plus rester en place, à attendre que La Louve revienne. J'ai des fourmis dans les jambes. Je voulais suggérer à Shigobi que nous partions à la recherche des chiens en suivant les sentiers de la forêt. Il me propose de le faire en canot. Cette idée m'enthousiasme.

Je cours rassembler tout le «barda» nécessaire. Je fourre la bannique, le saindoux, la farine, la chaudière à thé, le poêlon, le sel, le poivre, les fourchettes, un couteau, les tasses et les assiettes en fer-blanc dans le havresac. J'ai l'habitude. Je n'oublie jamais rien. Shigobi a rassemblé les agrès de pêche.

Il est beau, notre nouveau canot en cèdre. Son bois vernis est doré et lisse comme du sucre à la crème. À chaque coup d'aviron que donne Shigobi, agenouillé à la poupe, la petite embarcation est soulevée dans les airs et propulsée loin en avant. Le canot fend l'eau calme. J'harmonise mes coups d'aviron avec ceux de Shigobi, tout en scrutant attentivement la grève que nous longeons. Je lui murmure :

— Nous avons le vent de face.

— Oui. Mais nous l'aurons de dos au retour !

Je cesse d'avironner.

— Papa… Je ne comprends pas pourquoi ils ont tué les chiens comme ça. Non ! Je ne comprends vraiment pas. Je suis tellement peiné, tellement déçu, tellement en colère. La rage gronde dans mon cœur. Depuis ce matin, je me demande ce que nous pourrions faire pour nous venger. Je n'oublierai jamais ce massacre. Il restera toujours dans ma mémoire. J'ai peur de ne plus penser qu'à ça, de me réveiller la nuit et d'entendre des coups de fusil. Je ne veux plus sentir l'odeur de la poudre, des chiens morts… Je ne veux plus… Je ne comprends pas que des hommes puissent agir ainsi…

Shigobi pose son aviron de travers sur les plats-bords. Le canot file sur son erre d'aller. L'eau perle au bout de la palette de sa pagaie, dégouline dans le lac. Les petites gouttes font de grands halos :

— Il y a des décisions qui sont prises loin d'ici par des personnes puissantes qui ne tiennent pas compte des conséquences qu'elles peuvent avoir sur les hommes, les femmes, les enfants. Tiens, regarde ce gros pin juste devant nous. Regarde comme il est beau au pied de la montagne. Il a certainement plus de deux cents ans. Il te connaît, me connaît, a connu ton grand-père et nos ancêtres. Nous voyons en lui la mémoire de la terre, la mémoire des Anishnabés. Les esprits de nos anciens vivent dans ses branches. Ses racines plongent profondément dans la terre et le roc. Nous disons que la terre est notre mère, car c'est elle qui nous nourrit. C'est ce que nous, les Anishnabés, croyons. D'autres personnes ne voient que des piastres dans cet arbre. Elles l'abattent et le coupent pour le transformer en planches afin de construire des maisons, d'autres arbres servent à faire du papier ou toutes sortes de produits que nous ne connaissons pas, mais dont elles ont besoin, semble-t-il, pour leur confort. Nous, les Anishnabés, dérangeons ces hommes puissants, car ces arbres poussent sur nos territoires et nous voulons les garder. Nous ferons tout ce qui est en notre pouvoir pour les conserver vivants, bien enracinés. Les arbres sont utiles, et pas à nous seulement. Ils sont indispensables aux castors, aux orignaux, aux porcs-épics, à une foule d'oiseaux et d'insectes… Tout se tient dans la nature et nous devrions tous être solidaires les uns des autres. Mais ce n'est pas le cas. Ces gens invisibles mais bien placés qui gouvernent le pays n'en sont pas conscients ou ferment tout simplement les yeux. Ils le regretteront un jour. Il ne restera plus rien pour leurs petits-enfants. Se venger ? Oui ! Mais la meilleure façon de le faire, c'est d'amener ces gens-là à prendre conscience qu'ils se trompent, qu'ils sont dans l'erreur. C'est ce à quoi nous devrions maintenant nous employer activement.

Le canot doré reprend lentement le fil du courant. Nous naviguons sous les têtes échevelées des arbres et entre les nuages gris qui se mirent dans l'eau de la baie. Nous faisons corps avec la forêt, le soleil et le vent. La voix de mon père est grave. Elle remplit tout l'espace comme si toute la nature était à l'écoute :

— Ces gens ont fait tuer nos chiens pour nous empêcher d'être présents sur nos territoires l'hiver prochain. Cela veut dire qu'eux, ils y seront certainement avec leurs tracteurs, leurs scies mécaniques, leurs camions, une armée de bûcherons. Il nous faudra trouver une façon d'occuper nos territoires comme nous l'avons toujours fait, sinon nous risquons de les perdre. Les Blancs disent: «Les absents ont toujours tort.» Ils veulent nous prendre en défaut. Mais ils ne savent pas de quel bois nous nous chauffons. Nous sommes tenaces. Lorsqu'il a créé la terre et tout ce qui existe, le Kitshi Manitou nous a confié la responsabilité de veiller sur sa création. Nous le ferons jusqu'au dernier des Anishnabés, car c'est ce qui donne un sens à notre vie. C'est un défi que nous devons relever coûte que coûte. Si nous ne le faisons pas, nous aurons échoué dans notre mission. Nous, les Anishnabés, savons ce que nous avons à faire au cours de notre vie sur la terre.

Nous accostons en douceur entre les roches. Je saute sur une pierre et tire l'embarcation à sec avec beaucoup de précautions. Nous marchons jusqu'à notre «cabane à *malle*» située près de la route sablonneuse. Je m'empresse de lever le couvercle. Il y a de la *malle*! Beaucoup de *malle*. La boîte est pleine. Je prends les lettres une à une et les tends à mon père en lisant les en-têtes:

— Baie d'Hudson... Baie d'Hudson... encore la Compagnie!

Il y a de gros catalogues Sears et une enveloppe blanche de Joseph-Armand Bombardier. Ah! Ce n'est pas tout. Je plonge la main dans la « cabane ». Tout au fond, il y a un paquet rectangulaire, enveloppé dans du gros papier brun, solidement ficelé et adressé à :

Monsieur Ojipïk,
aux soins de Shigobi, gérant
Poste de la baie d'Hudson
Lac Cabonga, via Val-d'Or

Et dans le coin droit, en bas, je lis :

De Sylvie Saint-Amour.

C'est un paquet. Un paquet lourd… et il est pour moi !

Au même moment, nous entendons un vacarme de ferraille qui nous fait lever la tête. C'est comme si quelqu'un tapait au loin sur une chaudière en tôle à grands coups de marteau. Nous tendons l'oreille, tournons nos regards vers la route. Le bruit assourdissant s'intensifie, se précise. Un énorme camion rouge apparaît sur la crête de la colline. Il roule à vive allure, passe devant nous en trombe, soulève un épais nuage de poussière grise qui nous envahit, nous étouffe, colle sur nos vêtements, rend grisâtres nos cheveux. Puis, le « monstre » disparaît dans le détour de la courbe. Nous avons tout juste eu le temps de constater que le camion était chargé de centaines de corps de grands arbres, des pins blancs, tordus, pelés à vif, dégoulinants de résine, empilés les uns sur les autres. Nous ne disons rien.

— Allons nous asseoir dans le canot. Là tu seras plus à l'aise pour déballer ton paquet, dit mon père d'une voix résignée, pendant qu'il passe son bras autour de mes épaules.

— OK, c'est bon, allons-y.

Nous tournons le dos à la route et descendons côte à côte vers le lac. Je tiens mon colis dans mes bras, serré sur mon ventre. Mon père transporte son courrier dans un sac de toile qu'il porte en bandoulière sur l'épaule gauche.

8

PENSER GRAND

L'eau est profonde au printemps dans ce coin de la baie. C'est à cause de la neige qui, en fondant, ruisselle de la montagne. Les roches plates sur lesquelles nous marchons s'avancent loin dans le lac et forment un quai naturel qui nous est très utile. Shigobi lance son sac au milieu de l'embarcation, monte, s'assoit, tient le canot en équilibre. J'embarque à mon tour sans difficulté à la pince et je reprends ma place. Cette fois-ci, je m'assois sur le petit banc de bois. Je pose le colis sur mes genoux serrés. En soupesant le paquet, je me dis que ce n'est pas du sucre à la crème, ni des friandises, ni un vêtement. Je tourne la tête et j'interroge mon père:

— Qu'est-ce que ça peut bien être?

— Je n'en sais rien, mon gars. Ouvre-le, tu verras bien.

Il appuie son aviron à une roche et nous pousse puissamment au large. Un défilé de canards apeurés par l'arrivée soudaine du canot longe la plage, se cache dans les aulnes de la rive. Je sors mon canif, je fais sauter les ficelles, je défais l'emballage.

L'aviron de mon père s'enfonce régulièrement dans l'eau claire. Nous naviguons paisiblement, comme deux huards au coucher du soleil. Nous sommes seuls au monde. On a peine à croire que quelques heures plus tôt, nous avons été témoins d'un épouvantable carnage.

J'ouvre les rabats de la boîte. Je ne m'attendais certainement pas à cela. Je sors un gros livre de l'emballage. Il n'est pas neuf. La couverture usée à la corde a été recollée. Les coins sont élimés. Je lis à haute voix pour que papa sache ce que c'est :

— *Le Grand Dictionnaire Larousse.*

J'ouvre à la première page. Une petite enveloppe blanche, carrée, tombe sur mes genoux. Elle n'est pas cachetée. Je sors avec précaution un carton plié en deux et je vois qu'il y a une lettre à l'intérieur. Le carton, bordé de noir, est une notice nécrologique. La famille Saint-Amour nous remercie d'avoir assisté aux obsèques de monsieur Joseph (Jos) Saint-Amour. Je suis ému par la photo de monsieur Saint-Amour placée au milieu du carton. C'est ma mère qui l'a prise un hiver. Mon père la gardait dans le tiroir de son bureau au poste. Il n'y a que la tête de monsieur Saint-Amour sur la photo. Il est souriant, la figure au vent, les yeux espiègles. Le capuchon poilu de son anorak est jeté sur ses épaules. En dessous, il est écrit :

À la mémoire de notre cher Joseph qui a tant aimé ses champs de blé blond et les forêts d'épinettes noires de son pays.

Le dictionnaire, c'est celui de monsieur Saint-Amour. C'était son précieux compagnon des longues soirées d'hiver au barrage Cabonga, celui qui contenait, selon ses propres paroles, les plus beaux mots du monde, celui qui lui inspirait les lettres si tendres et si vibrantes qu'il écrivait à Marie, l'amour de sa vie. Le dictionnaire a été dédicacé par sa mère ; sur la première page, on peut lire :

Mon cher fils, que ton saint patron guide tes pas vers la prêtrise.

En dessous, monsieur Saint-Amour a écrit au crayon :

Dans la vie, il faut penser grand !

Je me tourne vers mon père, les yeux embués :

— Papa, c'est le dictionnaire de monsieur Saint-Amour !

La lettre de Sylvie est courte. Trois paragraphes bien ciselés.

Mon cher Ojipik, malgré l'immense tristesse qui remplissait mon cœur, j'ai été heureuse de te voir aux funérailles de mon papa, en compagnie de ton père, de ta grand-mère et de monsieur Sam Petitbras. Votre présence parmi nous montre à quel point mon père, Joseph, avait su se faire des amis sincères et fidèles en forêt. Maman et moi en sommes honorées.

Papa a pris le temps, avant de quitter le barrage dans son traîneau, de nous écrire quelques mots. Ça n'a pas été facile pour lui. Il savait alors que ses chances de survivre à la paralysie qui le gagnait peu à peu étaient minces. Il nous a demandé dans ce dernier message de te donner son dictionnaire. S'il a fait cela, Ojipik, c'est qu'il savait que ce dictionnaire te serait utile et que tu en prendrais bien soin. Il y tenait beaucoup. Il me disait qu'un dictionnaire, plus que tout autre livre, prend vie quand on l'ouvre à la recherche de la signification d'un mot ou tout simplement pour le lire.

Maman me demande de te dire qu'il manque un homme dans la famille et elle te rappelle que si tu veux venir vivre avec nous, tu es le bienvenu. Monsieur Cécire, que tu connais, est notre inspecteur d'école. Il a confirmé à maman que tu pourrais t'inscrire à l'école du village pour l'automne prochain. Tu arrives en septembre et tu repars en juin. Tu vas chez toi pour Noël, ou ton père vient passer les fêtes avec nous. Ce sera comme tu voudras. Moi, ça me plairait bien que tu viennes à la maison. J'aimerais, avec toi, apprendre à faire du traîneau à chiens, comme le faisait si bien mon cher père. Nous gardons précieusement son traîneau.

Qu'en penses-tu?
Sois assuré de toute mon affection.

Sylvie

Je remets la lettre à sa place. Je feuillette le dictionnaire. Je ne sais trop quel mot chercher, il y en a tellement.

Je dis à Shigobi, en le lui tendant:

— Monsieur Saint-Amour m'a donné son dictionnaire avant de mourir.

Mon père cesse de pagayer. Laissé à lui-même, le canot dérive au gré du courant et du vent léger.

— Oui, j'ai vu. C'est un sacré beau cadeau. Il y tenait, à son dictionnaire. Tu y feras attention.

Il l'ouvre à son tour à la première page. Je poursuis la conversation comme si je pensais à haute voix:

— Marie et Sylvie m'invitent à aller à l'école…

— Oui…

— Qu'est-ce que tu en penses, papa?

— Il a toujours été important pour nous, les Anishnabés, de savoir parler, et de bien parler. Nous avons besoin de notre langue et de celle des autres pour nous faire connaître, pour défendre nos droits. Mais de nos jours, il faut savoir lire et bien lire, écrire et bien écrire. Notre nation aura rapidement besoin de gens instruits, qui seront fiers de notre histoire, de notre patrimoine. Si nous voulons survivre, nous épanouir, il nous faudra des jeunes comme toi, Ojipik. Des hommes et des femmes instruits, en mesure de parler, d'écrire, de lire, de prendre la parole dans toutes les occasions. Tu sais, Ojipik, il y a un beau mot dans notre langue anishnabée qui se dit: *Nibimatisiwin* et qui signifie: «Tu te lèveras pour prendre la parole.» C'est ce que toi, tu pourras faire, mon gars. Tu diras aux étrangers d'où nous venons, qui nous sommes, ce que nous attendons de la vie. Ce que nous espérons profondément pour nous-mêmes, nos enfants, nos petits-enfants et tous les enfants du monde, car ce qui est bon pour les nôtres l'est aussi pour tous. Voilà ce que tu dois te préparer à leur dire. Personne d'autre ne le fera pour nous. Non! Personne d'autre! J'entends ton grand-père Wawaté me dire: «Ce sont mes petits-enfants qui auront entre leurs mains le sort de notre nation!» Il avait raison. Ce ne sera pas facile. Mais tu sais déjà que la vie n'est pas facile. Qu'est-ce que Jos a écrit dans son dictionnaire? Il a écrit: «Dans la vie, il faut penser grand!» Tu devrais en faire ta devise. C'est beau, c'est stimulant: «Dans la vie, il faut penser grand!»

Shigobi a su aller au fond de mon cœur. Je reprends l'aviron l'âme en paix. Ma décision est prise. J'accepte l'invitation de Marie et de Sylvie. J'irai vivre en ville. Je m'instruirai, je parlerai au nom de mon peuple.

9

DES ABOIEMENTS AU LOIN

Nous reprenons la direction de la rivière du Grand Brûlé. Elle est tout près. En un rien de temps, nous entrons dans l'embouchure et remontons le courant.

— Ici, c'est bon, dit mon père qui connaît la rivière comme le fond de sa poche.

Il y pêchait quand il était tout petit. Nous sommes au pied des rapides.

Nous nous empressons de jeter nos lignes à l'eau. C'est la meilleure façon de prendre un poisson, comme il dit! J'ai choisi une petite cuillère rouge et blanche. Elle a toujours été ma préférée. Je suis convaincu que c'est la bonne et qu'elle me portera chance. Shigobi préfère une cuillère argentée. Elle luit au soleil et brille dans l'eau claire comme la cheminée d'une lampe à huile que l'on vient de frotter. Son appât est beau. Il le laisse traîner sur le lit de gravier, donne de petits coups pour taquiner le poisson.

Je commence à douter de mon choix quand soudain, je sens un coup formidable secouer violemment mon bras droit. On a beau être à la pêche pour prendre un poisson, quand ça mord, on est le premier surpris.

— Ça mord, papa! Ça mord!

La truite furieuse se débat au bout de ma ligne. La cane plie à se rompre, le canot tangue.

— Doucement, mon gars! Doucement, rien ne presse, ne t'énerve pas, va lentement. Pour se débattre comme ça, c'est qu'elle est bien ferrée.

C'est une sacrée grosse truite, certainement la plus grosse de ma vie. Le poisson fait un bond prodigieux hors de l'eau.

— As-tu vu ça, papa? Je crois que j'ai gagné le pari. C'est toi qui vas faire le *cook*.

— Avec plaisir, Ojipik. Je te promets que tu vas manger la meilleure truite de ta vie!

Avec mille précautions, j'amène la truite le plus près possible du canot. Elle cherche à plonger dans les profondeurs, à se faufiler sous la quille. Je ramène la ligne tendue à l'extrême vers Shigobi. Il tend le bras, l'attrape au passage, la pince entre ses doigts, descend jusqu'au niveau de l'eau et d'un coup sec la tire vers le haut. Le poisson fait des pirouettes dans les airs et au moment où il passe en frétillant désespérément au-dessus du canot, il se décroche.

— Oh!

Heureusement, la truite rouge tombe dans le ventre du canot. Elle se débat avec beaucoup d'énergie, mais elle est prise. Je respire mieux. Je suis content.

— C'est une belle bête, Ojipik. Une très belle prise. C'est bon signe. La nature est généreuse pour toi. Elle doit peser trois livres... trois livres et demie. Tu as gagné, mon gars. Bravo! Je la ferai rôtir pas plus tard que maintenant. Accostons un peu plus bas. Mmmmmmmm! J'ai une faim de loup. Sais-tu, Ojipik, que nous n'avons pas mangé depuis un petit bout de temps? Cette truite nous fera un sacré bon repas. Nous arrêterons chez Koukoumis en passant. Nous lui donnerons un morceau de poisson. C'est avec elle que je suis venu à la pêche ici la première fois. C'est tout près de sa cabane.

— Papa! Écoute...

Mon cœur chavire. J'ai entendu aboyer au loin, au-delà du coude de la rivière. Shigobi aussi a entendu. Il est aux aguets, attentif, les yeux plissés. Il écoute comme moi de tout son être.

Nous entendons aboyer une deuxième fois.

— Papa! Tu crois que c'est La Louve?

— Ça lui ressemble, Ojipik. Vite, allons voir!

Nous empoignons nos avirons et pagayons de toutes nos forces vers un éboulis de roches qui forme une pointe au tournant de la rivière du Brûlé. Le courant est pour nous, il nous emporte dans la bonne direction. Tout à coup, je l'entends clairement aboyer. C'est elle! C'est bien elle! Elle est vivante! Elle nous a vus. Elle sait que nous sommes là. C'est ma Louve, ma chienne. Je la vois courir sur les roches en aboyant à tue-tête, la queue roulée.

La Louve n'est pas seule. Quelqu'un marche derrière. Sans cesser de pagayer, Shigobi me crie:

— C'est Koukoumis! Elle est avec La Louve. Elle l'a trouvée et nous la ramène.

Notre canot ne porte plus sur les eaux. Nous volons comme un cormoran tant nos coups d'aviron sont profonds et vigoureux:

— La Louve! La Louve!

En m'entendant crier son nom, la chienne se jette à l'eau et nage vers nous. Elle a vite fait de nous rejoindre. Je ne peux pas la faire monter à bord. Elle pourrait nous faire chavirer. Elle nous suit de près en aboyant toujours.

Nous accostons et débarquons. Grand-maman nous rejoints. Elle explique:

— La Louve s'était cachée sous le vieux canot de Wawaté, à l'endroit même où elle est née.

Comme si elle avait compris, la chienne joyeuse se secoue vigoureusement, du bout du museau au bout de la queue. Elle nous arrose d'une pluie de fines gouttelettes froides. Nous rions de joie en nous protégeant de nos mains. Je m'agenouille et la serre dans mes bras.

J'ai ramassé une brassée de bois sec qu'on trouve en abondance sur la plage et j'ai arraché des bandes d'écorce au tronc d'un gros bouleau qui poussait à l'orée du bois. Grand-maman a évidé et lavé la belle truite rouge dans l'eau vive de la rivière. Elle m'a montré sa chair. Elle est rose comme un lever de soleil sur le grand lac Cabonga. Nous avons allumé un petit feu plein de vie dans un foyer aménagé par nos ancêtres entre les pierres. Les Anishnabés cuisinent de la truite ici depuis la nuit des temps. La rivière a toujours été généreuse pour nous.

J'ai tranché la bannique. Shigobi a roulé les beaux morceaux de la grosse truite dans la farine blanche et les a fait dorer dans la graisse qui pétillait dans le poêlon. Mon père est un bon cuisinier. Ça sent tellement bon, le poisson croustillant et la fumée du feu de bois !

Nous sommes riches. Nous avons de la truite plein notre assiette en fer-blanc. Grand-maman dit qu'il y a des moments comme ça, dans la vie, où les esprits de nos ancêtres s'assoient avec nous pour partager les fruits de la nature.

Les bouchées de truite se détachent une à une, collent à nos doigts, fondent dans la bouche. Couchée à plat ventre dans le sable fin, La Louve a eu, pour une première fois, sa part de bannique.

Nous reprenons la route du poste pour la réunion prévue au coucher du soleil. Shigobi s'est agenouillé à la pince et moi, à la proue. Grand-maman a pris place au milieu, assise à plat avec La Louve entre les jambes, ses avant-bras appuyés aux plats-bords pour garder l'équilibre.

À notre arrivée au quai du poste, toute la communauté est déjà sur place, prête pour la réunion prévue depuis ce matin. C'est Poné qui nous aide à accoster. La Louve est la première à sauter prestement sur le quai. Le vieux trappeur met un genou par terre.

La chienne enfouit son museau dans son cou, lui lèche les oreilles. Le vieux maître de traîneau lui caresse rudement le dos, passe plusieurs fois sa main sur son ventre, la serre contre lui, la regarde dans les yeux :

— Brave bête, dit-il, brave bête ! Je suis content de te voir.

Mon grand-oncle me tend la main pour m'aider à monter sur le quai. Je la sens ferme et chaleureuse. Il se penche vers moi en posant sa main gauche sur mon épaule et me murmure à l'oreille, assez fort pour que Koukoumis et Shigobi entendent :

— Mon grand, ta chienne est en gestation. Elle attend des chiots. Elle est enceinte. Oui. Et elle aura une progéniture de qualité. Ce sera peut-être à ton tour de me faire un cadeau ?

— Tout ce que tu voudras, mon oncle. Tout ce que tu voudras. Tous les chiots seront pour toi.

Nous scellons notre contrat par une bonne poignée de main et une grande tape dans le dos. Poné sourit et ça me réconforte.

10

LE GRAND CONSEIL

Dans la salle, chacun occupe sa place habituelle. Il y a rapidement une épaisse fumée de pipe qui traîne dans l'air. Shigobi allume les fanaux au «naphte». La lumière vive éclaire le mur du fond sur lequel Mathias et Sam terminent de coller une immense affiche de Bombardier sur laquelle un homme enfourche une motoneige. Elle était dans la *malle* que nous avons reçue en après-midi. Sam explique que la motoneige est un engin qui pousse un traîneau sur la neige comme un hors-bord propulse un canot sur l'eau... Les vieux chasseurs l'écoutent attentivement, mais restent songeurs. Les jeunes, eux, ont beaucoup de questions à poser. L'engin les intéresse. Ils demandent ce que ça peut bien coûter, si le poste va en vendre, quelle distance il peut faire dans une journée. Sam n'a pas toutes les réponses, mais il leur dit qu'il en parlera avec mon père. La publicité dit: *Troquez votre traîneau à chiens pour un* ski-doo[1].

1. Marque déposée pour motoneige.

Vous irez plus vite et plus loin en moins de temps.

La vieille madame Polson prend la parole. Ses lèvres tremblent. C'est une femme discrète. Elle n'a pas l'habitude de parler en public. Son mari se tient debout près d'elle. Il s'appuie à deux mains sur une canne en bois. C'est une vieille branche sèche qu'il a sculptée lui-même avec son couteau croche. Ils semblent être aussi âgés et usés l'un que l'autre. Monsieur Polson a été façonné par le vent, le froid, la neige, la pluie, les durs portages, les longs voyages en raquettes sur toutes les neiges, les grandes randonnées en canot sur tous les cours d'eau, les voyages sur son territoire les deux mains agrippées aux manchons de son traîneau tiré par ses chiens. Sa peau est grise comme l'écorce frisée d'un vieux merisier.

— Ils arrachent les arbres vivants sous nos pieds, dit la vieille dame tout émue.

Il n'en fallait pas plus. Elle a donné le ton à la soirée. Les remarques fusent de toute part. Le ton monte, sourd, comme la débâcle venue des profondes entrailles de la terre au printemps :

— Ils coupent tout! Tout! Ça n'a pas de sens.

— Ils rasent la forêt sans discernement!

— Ils tuent nos orignaux, les femelles comme les mâles, et même les petits. Nous n'avons jamais agi de la sorte! À quoi pensent-ils donc? Ils laissent la peau pourrir sur place. Ils ne prennent que les belles parties de la viande.

— Ils se pavanent en ville avec les têtes des mâles attachées au capot de leurs voitures. C'est scandaleux! Les têtes se gâtent. Ils manquent de respect envers l'orignal. Ils gaspillent du bon gibier. Je nourris toute ma famille avec une tête d'orignal.

— Ils tuent pour le plaisir de tuer, pas pour manger!

— Ils souillent l'eau des rivières avec la drave. Les poissons meurent! Nous ne pouvons plus passer avec nos canots ni tendre nos filets.

— Ils bouleversent la terre et empestent l'air avec des bulldozers, des monstres jaunes en fer.

— Pire encore! Ils font sauter les barrages de castors à la dynamite. Ils détruisent tout d'un seul coup. BANG! Les barrages, les cabanes, les castors, l'environnement. Ils dynamitent pour faire monter l'eau des rivières. Ça facilite le flottage des «pitounes». BANG! Tout est pulvérisé, déchiqueté.

Que nous reste-t-il? Rien. Plus de fourrures à récolter, plus de nourriture, rien à manger. Rien! Rien qu'un gros trou noir qui se remplit de boue.

— Ils ont tué nos chiens. Pourquoi? Par méchanceté? Se peut-il que les Blancs nous haïssent à ce point-là? Cette seule idée me fait peur, terriblement peur. J'ai peur pour moi, mes enfants, mes petits-enfants. Ce manque de respect de leur part me fait honte. Je suis humiliée, profondément humiliée. Les Blancs n'ont aucune considération pour nous.

— Quand cela cessera-t-il? Je ne vois malheureusement pas le moment où nous vivrons de nouveau en paix.

— Nos plus beaux jours sont-ils derrière nous?

Koukoumis se lève. Elle prend bien son temps, nous parle dans les yeux avec émotion et conviction:

— Si aujourd'hui nous sommes coupables de quelque chose, c'est de nous être trop longtemps tus! Parlons! Parlons avant qu'il ne soit trop tard. Sinon nos petits-enfants et tous les petits-enfants du monde un jour nous diront: «Pourquoi n'avez-vous rien fait? Pourquoi n'avez-vous rien dit alors qu'il en était encore temps?»

— Nous, les Anishnabés, dit mon grand-oncle Poné Matchewan, aimons ce qui est beau et voulons préserver cette beauté. Nous éprouvons beaucoup de bonheur à marcher dans les sentiers tracés par les mocassins de nos ancêtres. Il n'y a pas de mots dans notre langue pour dire du mal des autres peuples. L'important dans la vie, c'est la direction que nous choisissons de suivre. Souvenez-vous que le jour où il n'y aura plus d'Anishnabés, la terre sera en péril.

ÉPILOGUE

En juin, Shigobi s'est rendu à Valcourt rencontrer monsieur Armand Bombardier avec, en poche, une commande ferme pour quinze *skidoo*. Appuyé par la Compagnie de la baie d'Hudson, il a pu négocier des ententes intéressantes. La compagnie Bombardier s'engage, entre autres choses, à donner une formation intensive en mécanique à Sam et à mon cousin Fred.

Les vieux sont plutôt sceptiques. Certains ont décidé de reconstituer tant bien que mal leur équipage. Ils disent que les chiens de traîneau ramènent toujours le chasseur à son campement, alors qu'un *skidoo* en panne ne sert plus à rien.

Mon père est enthousiasmé. Chose certaine, il y aura des Anishnabés sur leur territoire de chasse au cours du prochain hiver.

Monsieur Bombardier a raconté à Shigobi qu'il était allé chez les Cris de la baie James, à Moosonnie en Ontario, pour tester son dernier modèle de *skidoo*. Là-bas, les trappeurs ont été tellement impressionnés par ses performances qu'ils voulaient à tout prix s'en procurer.

Cette information nous a été confirmée au cours de l'été par le missionnaire qui revenait de sa tournée nordique. C'est la première fois, d'après mon père, que le curé nous apporte une bonne nouvelle.

Aujourd'hui, 17 août, Koukoumis organise une grande fête sur la plage du lac Cabonga. C'est le jour de mes quinze ans et la veille de mon départ. Demain, je prends l'autobus pour Messines. Je vais vivre à la ferme avec Marie et Sylvie. Je suis inscrit à l'école du village.

Toute la communauté est là pour me souhaiter bonne chance et pour m'encourager:

— Tu viendras nous voir souvent, me dit-on en me tapant dans le dos.

— Attention aux petites Blanches. Elles vont certainement te faire de l'œil!

Je souris, mais je suis déchiré dans tout mon être. Je souhaite partir, mais en même temps, je veux rester. Je me sens déjà dans un autre monde. L'inconnu m'attire et du même coup me fait peur. Ce que je crains le plus, ce qui me hante au point que j'en fais des cauchemars, c'est de ne plus pouvoir revenir au lac Cabonga.

La Louve vient de donner naissance à six chiots frétillants, blancs comme l'écume des vagues, pleins de vie. Mon grand-oncle est content. Nous sommes allés les voir ensemble juste avant que la fête commence. Je les ai pris dans mes bras l'un après l'autre. J'ai caressé la tête de La Louve. Sylvie m'a écrit que si je le veux, ma chienne pourra me rejoindre au cours de l'hiver. Il y a beaucoup de place pour elle à la ferme et elle veut connaître les chiens de traîneau. Son père lui en avait beaucoup parlé.

Nous mangeons avec nos mains des viandes rôties au feu de bois accompagnées d'un thé à l'arôme fort comme de la terre noire et de la bannique de ma grand-mère, qui fond dans la bouche. Je m'imprègne de leurs saveurs sauvages. Je m'empiffre comme si je prenais le dernier repas de ma vie. Les nourritures de bois[1] irriguent mon corps, coulent dans mon sang, me donnent la vie. Je me sens orignal, castor, perdrix, outarde… et c'est bon, divinement bon. Ce soir, je mange avec ma famille, je communie avec les esprits.

Il y a des chants, des danses et mes histoires préférées, racontées au rythme du tambour jusque tard dans la nuit. Poné Matchewan me fascine encore une fois avec le récit de la

---

1. Nourritures de bois : expression qui désigne les viandes sauvages.

création du monde. Il nous explique l'origine des plantes, des animaux, des hommes.

Je reçois des cadeaux qui m'émeuvent profondément : des mocassins en peau d'orignal faits des vieilles mains de ma grand-mère Koukoumis. Je m'enfouis très vite le visage dedans et je respire l'odeur de la peau boucanée. J'ai envie de pleurer tant ils me rappellent de beaux souvenirs d'enfance. Sam m'offre un chapeau en feutre à large rebord, comme le sien, qu'il a acheté pour moi au poste de la baie d'Hudson. Il me l'enfonce jusqu'aux oreilles, me regarde longuement :

— Ça te va très bien, me dit-il enfin avec un grand sourire de satisfaction. T'as l'air d'un vrai Anishnabé !

Je me promets de le porter toute ma vie. Je fais le tour du feu en paradant et je suis chaleureusement applaudi.

Mais le plus beau cadeau, c'est mon père qui me l'offre. Il me donne son *pack-sac* kaki. Je le lance sur mon épaule gauche, comme je l'ai si souvent vu le faire. Son *pack-sac* en toile sent le sapin vert et la boucane noire. Il me dit :

— Mon grand fils Ojipik, à partir de ce soir, tu marcheras ta vie comme un Anishnabé.

TABLE DES MATIÈRES

Troisième partie
LA FIN D'UNE ÉPOQUE